後ろから何度も貫かれて、喘ぎ声を洩らす。
彼に最奥を突かれると、ロズリンは身悶えるしかなかった。

Tiara Label

ティアラ文庫

獣の王子様

花嫁は月夜に抱かれて

水島 忍

presented by Shinobu Mizushima

プランタン出版

イラスト／すがはらりゅう

目次

※本作品の内容はすべてフィクションです。

序　章　王子様の一目惚れ

「用意はいいかな？」

そう尋《たず》ねられて、ロズリン・マリナーは金色の長い髪を揺らして振り向き、緑の目を細めて微笑《ほほえ》んだ。

「もちろんよ！」

ロズリンの目の前にはたくさんの露店が立っている。この広場は買い物にやってきた人達で賑《にぎ》わっていた。野菜や果物、それから肉や魚、食べ物だけではなく、生活に必要なものや小さな装飾品を売っている人もいる。

人は笑い、喋《しゃべ》り、そして、この場で食べられるものを買い、ビールを飲んで、騒いでいた。活気に満ちた街で、ロズリンも見ているだけで楽しくなってくる。

ここは森と湖の多い美しい国、ジェルーシャ王国だった。

肥沃《ひよく》な土地からたくさんの作物が穫れるため、人々の暮らしは豊かだ。そのおかげで国力があり、防衛力もあるため、他国の侵略による戦乱ともあまり縁がない。民衆は働き者ではあるが、大らかで、楽しむときは大いに楽しむ。

その王都は美しく整備された街で、綺麗《きれい》な家々が立ち並び、馬車や荷馬車がひっきりなしに行き交《か》っていた。

王都の中心には小高い丘があり、その上にこの王国の美しくも雄大な城が建っているのが見える。その丘の麓《ふもと》に王都が広がり、この広場は王都で一番賑わう場所でもあった。

物を売り買いする人達の声。笑う声。馬車の音が聞こえる。それから、車輪の音も。

広場の中央に立つロズリンは大きく息を吸い込んで、気を落ち着ける。そして、楽しく弾むような歌を歌い始めた。

「おい、旅一座が来ているぜ。ちょっと見ていこうか」

「ほほう、いい声じゃないか」

ロズリンは興味を覚えて寄ってくる人達に、笑顔を振りまいた。

旅一座、フィニッツ一座の興行が始まる。ロズリンの仕事は、まずこうして人の注意を惹《ひ》きつけて、客を集めることだった。

ロズリンの歌に合わせて、バイオリンの伴奏《ばんそう》が始まる。それから、フルート、太鼓《たいこ》が加わっていく。楽しそうな音楽に合わせて、踊り子がくるくると回った。

ロズリンは、幼い頃から歌が好きだった。

母が歌ってくれた子守唄が何より好きで、三歳になる前から歌い始めていた。天使のような声だと言われたこともあるが、ロズリンはただ周囲の人が喜んでくれるのが嬉しくて、いつも歌っていた。

十八歳になった今、ロズリンは歌姫と呼ばれていた。だが、オペラを歌うような歌姫とは違う。国から国へと旅をして回るフィニッツ一座の歌姫だ。

フィニッツ一座は、元々は座長のトール・フィニッツの家族で構成されていた。トールは四十代のたくましい男で、ナイフ投げの達人だ。妻のレイニーは華やかな格好をして踊り、トールのためにナイフ投げの的《まと》を持って立つ。トールの弟は軽業師《かるわざし》で、危険な技を見せることができる。トールの息子ドズナーはバイオリンを弾き、陽気な歌を作る。トールの娘達ドナとエリーはまだ少女だが、踊り子として役に立っていた。

そんな一座に、ロズリンが加わったのは、二年前のことだった。育ての母とも言うべき老婦人が亡くなったとき、ロズリンはすでにトールとレイニーのことを知っていた。市場で彼らを見て、一緒に歌ったことがあるからだ。そして、独りぼっちとなったロズリンを、トールは一座に加わらないかと誘ってくれた。

あのとき、誰かに望まれたことが、ロズリンはとても嬉しかった。行き場もなく、雇《やと》い先を探そうにも、そんなに簡単には雇ってもらえない。二つ返事で、一座に加わることにしたのだ。

一座では、大好きな歌が好きなだけ歌える。それが何より嬉しくてたまらない。

ロズリンの両親は雑貨店を営んでいた。ところが、そこが火事になり、両親は逃げ遅れてしまった。両親の死後、弟は親戚《しんせき》に引き取られた。親戚は息子が欲しかったが、女の子だけしか生まれなかったからだ。だが、ロズリンは厄介者《やっかいもの》と見なされた。

失意のうちに、ロズリンは親戚によって行き先を決められていた。老婦人の小間使いとして、ロズリンは働くことになった。あの頃、ロズリンは七歳だった。

小間使いとは名ばかりで、家事雑用すべてこなすことになったが、老婦人はいつも不機嫌で、ロズリンを叱《しか》ってばかりいた。行き場のないロズリンを引き取り、寝る場所を与え、食べるものを与え、おまけにいろんなことも教え込まなくてはならない。それだけでも、一人暮らしの老婦人にしてみれば、大変なことだったのかもしれない。

しかし、幼い頃からたくさんのことを仕込んでもらえたおかげで、家事はもちろん、読み書きや計算、生活の知恵、行儀作法、礼儀など、生きていくために必要なことを学んだ。

ロズリンは老婦人には感謝している。彼女が雇ってくれなかったら、自分はどうなっていたか判らない。

そう。今は、こんなに自由で、好きなことばかりしていられるけど……。

それも、老婦人が幼い自分を育て上げてくれたからだ。

ロズリンは一座のみんなと楽しく歌いながら、金色の長い髪をなびかせて踊った。そして、立ち止まって自分達を見ている人達に、緑の瞳をきらめかせて笑顔を向けた。

本当に今はすごく幸せ。こんなに幸せでいいのかしら。

昨日、フィニッツ一座は地方から王都へとやってきたばかりだ。ここの広場はジェルーシャ王国で一番賑やかなところで、同じような興行を行う旅芸人はたくさんいる。ロズリンの歌声は、客の足を止めさせ、興味を惹きつける手段のひとつだった。

やがて、歌は終わり、ロズリンは拍手を受けた。それから、ナイフ投げや軽業などの見世物が始まり、ロズリンはその手伝いをした。

ドナとエリーの二人は箱を持って、客から硬貨を集めていく。ロズリンは彼女達と一緒に客の前に立ち、硬貨を入れてくれる人達にお礼を言った。

「お嬢ちゃん、綺麗な声だったね。あんたの歌、よかったよ」

老人に声をかけられて、ロズリンはぱっと顔を輝かせた。

「ありがとう、おじいちゃん」

家族の絆《きずな》のようなものをとっくに失っていたロズリンは、こういう温かい声をかけられると、嬉しかった。一座は家族のようなものと思っていても、自分だけがそうではない。やはり、いつかは自分の本当の家族が欲しかった。

素敵な男性に巡り合って、結婚の申し込みを受ける。そして、子供をたくさん産んで、大家族にしたかった。

しばらくして、周りに人がいなくなった頃、二人の黒髪の子供がロズリンに近づいてきた。背格好が同じくらいの男女で、二人の顔はとても似ていた。きっと双子なのだろう。

「お姉さん、名前はなんというの？」

ロズリンは彼らに向き直り、にっこり笑った。

「わたしの名前はロズリンよ。君達は？」

「僕はルーカス。九歳だよ」

「あたしはルイーズ。九歳よ」

二人は可愛らしい顔立ちで、笑顔になると、もっと可愛かった。二人の身なりはとてもよくて、貴族なのか裕福な両親がいるのだろう。一方、ロズリンの格好は簡素なドレスにエプロンまで着けている。どう見ても庶民《しょみん》だ。

「ねえ、お姉さんに頼みがあるんだ」

ルーカスは甘えたような声を出して、上目遣いに見てくる。彼は成長したら、きっと女の子を口説くのが上手い男性になるだろう。

「なあに？　どんなこと？」

ロズリンが優しく尋ねると、ルイーズが答えた。

「あのね、お姉さんの歌、また聴いてみたいの。何か歌って」

彼女は胸の前で手を組み、とても真剣に頼んでいる。こんな可愛らしい子供達の頼みを、断れるわけがなかった。

「いいわよ。何がいい？」

「優しい歌がいいな。お姉さんの声にはそういう歌が合うと思う」

ルーカスはやはりこの年齢で乙女心をくすぐるのが上手いようだ。

「じゃあ、お姉さんのお母さんが歌ってくれた子守唄を歌うわね」

ロズリンは微笑みながら、子供達に向けて歌い始めた。子供達だけでなく、行き交う人も足を止めて、歌を聴いてくれる。そんなふうに、みんなが自分の歌を聴いてくれるのが、嬉しくて仕方がない。

ここに、わたしの居場所がある……。

誰にも欲しがられず、どこにも行き場がない子供だった自分も、今はこうして誰かに望まれているのだと思うと、胸がいっぱいになってくる。双子が本当に幸せそうな顔をしているのを見て、ロズリンは彼らに優しい目を向けた。

歌い終わると、双子は拍手をしてくれる。

「ありがとう、お姉さん！」

自分こそ、聴いてくれてありがとうと思う。そう言おうとして口を開いたが、長身の厳しい顔つきをした男性が双子の後ろから近づき、二人の肩に手を置いたのを見て、口を閉じた。

男性は双子と同じ艶《つや》やかな黒い髪を長く伸ばして、後ろで結んでいた。すらりとした体形に簡素な黒い服と黒いマントを羽織《はお》っているものの、その生地は上質なもので、彼はお忍びで市場にやってきた貴族のように見えた。

堂々としているのは長身のせいだけではない。彼の発する雰囲気が他人を威圧《いあつ》しているように思えて、ロズリンは何も言えずに、ただ彼を見つめていた。

こんな人……初めて見た。

ロズリンはドキドキしてきて、彼にうっとり見蕩《みと》れてしまった。こんなことも初めてだ。どんな男性のことも、自分がこんな目で見つめたことはなかったからだ。

彼の顔立ちは整っていて、美しい。が、同時に、その美貌《びぼう》に野生の獣めいた印象を、ロズリンは受けた。それは、彼の表情が優しいものではなく、厳しいものだったからかもしれない。

彼は青い瞳をロズリンに向けた。青といっても、深みのある色で、明るい色ではなかった。鋭い眼差しで見つめ返されて、ロズリンは自分が何か悪いことでもしたのかと思い、怖くなってくる。じっと見蕩れていたのが気に食わなかったのだろうか。

いいえ、何も悪いことなんて、していないはずよ。

この広場で興行を行うことは、ちゃんと許可を取っている。それに、子供達にせがまれて、歌っただけだ。それが悪いことだとは思えなかった。まして、彼はこれほどの容姿だ。きっと、見蕩れられることに慣れているはずだ。

双子は振り向き、彼を見ると、笑顔になった。

「ダリウス兄様！」

「兄様も遊びにきたの？」

ダリウス……。それが彼の名なのだ。

名前を聞いて、得したと思ってしまったのは、何故《なぜ》なのだろう。

それにしても、彼はこの双子の兄なのか。よく見ると、髪も瞳も同じ色で、顔立ちも似ているところがあった。

「いや、おまえ達を迎えにきただけだ」

ダリウスは素《そ》っ気《け》ない調子で言ったが、彼の深みのある声に、ロズリンはドキンとした。彼に鋭い目で睨《にら》まれたというのに、何故だか彼にはときめいてしまう。

理由は判らない。でも、なんだか……すごく気になるの。

ロズリンの目はついつい彼の顔に引き寄せられていく。

「ええっ？　もうちょっと遊びたいのに」

ルーカスが口を尖《とが》らせて、不満そうな顔をした。その頭に、ダリウスは大きな手を載せて、髪をくしゃくしゃと撫《な》でる。

「勝手に脱け出したくせに、何を言っているんだ。もう、充分、遊んだだろう？」

ルイーズはダリウスの腕に手を絡めて、甘えるように言った。

「ねえ、ダリウス兄様もこのお姉さんの歌を聴いたでしょ？　とってもいい声よね」

男はちらりとロズリンに視線を向けた。そして、さっと逸《そ》らす。

たったそれだけのことなのに、ロズリンは傷ついた。自分はこんなに彼に惹かれているのに、どうでもいいというふうに思われたような気がしたからだ。

「ああ、そうだな。だが、もう帰るぞ」

彼は懐《ふところ》から硬貨を出して、ロズリンに投げた。ロズリンは咄嗟《とっさ》にそれを受け取ったものの、とても嫌な気分になった。

双子が歌を聴いてくれて、嬉しかった。お金をもらいたくて歌ったわけではない。彼らが聴きたいとせがんでくれたからだ。

なのに……。

受け取った硬貨は金貨だから、一曲歌っただけなのに、その評価にしては破格のものだ。しかし、ロズリンは胸を鋭いもので突かれたような気がした。

それでも、お礼は言わなくてはならない。それが、旅一座の歌姫としての務めだ。

ロズリンは彼と双子に向かって、優雅《ゆうが》なお辞儀《じぎ》をした。

「どうもありがとうございます」

しかし、そんなロズリンを無視して、ダリウスは双子達を急《せ》き立てて、帰っていく。双子達は名残惜《なごりお》しそうにロズリンを見て、手を振る。

ロズリンは切ない気持ちになりながら、彼らに手を振り返した。

素敵な男性なのに……。

わたしが旅一座の歌姫だから、そんな扱いを受けるのかしら。きっと、彼は貴族で、同じ貴族の姫にしか笑いかけたりしないに違いない。

身分が違うのだから、相手にされなくても仕方がない。金貨をもらえただけでも、幸せだと思わなくては。

ロズリンはドナが持っていた箱に、金貨を入れた。ドナは目を丸くして、金貨を摘まみ上げる。

「すごいわね。金貨をくれるなんて！　もちろん、あなたの歌はそれだけの価値があるけどね」

そうよ。そう思えばいいだけなんだわ。

わたしの歌には、金貨をもらう価値がある……と。

ロズリンはなんとか幸せな気持ちを取り戻そうとした。

ダリウス・イーサ・ヴィンスレードは、双子の弟妹を急かしながら、今しがた会ったばかりの少女を思い出していた。

いや、少女というほど幼いわけではないようだ。だが、成熟した女性でもない。その中間の娘に違いなかった。

金色の柔らかい長い髪が腰まで届いていた。緑の瞳がエメラルドのようにきらめき、彼女は優しく微笑みながら、歌っていた。

あの声の美しさといったら……！

顔立ちも綺麗だったが、少し幼い印象があった。だが、あの声は完璧だ。しかも、何か気取った歌を歌っていたわけではない。あれは、子守唄だ。優しい母親の想いがこもった歌だった。

透きとおるような声は、ダリウスを陶然《とうぜん》とさせた。そして、その声の持ち主も。

あの金色の豊かな髪に手を差し入れたら、どんな感じがするだろう。あの美しい声を紡《つむ》ぎだす唇にキスしたら、どんな気持ちになるだろう。

初めて会った娘を、そんなふうに思ったことは、今まで一度もなかった。はっきり言って、自分は女性など、欲しいだけ手にできる立場にある。だが、警戒心《けいかいしん》の強さから、限られた女性しか相手にしてこなかった。それも、長く続く関係ではなく、遊びの範疇《はんちゅう》に収まる相手としか寝たことはない。

あんな無垢《むく》な印象の娘に心を惹かれたことは、一度もなかった。

いや、あれは単なる庶民《しょみん》だ。自分の束《つか》の間の情事となる相手でもない。いくら自分がなんでも選べる立場だとしても、あの何も知らない乙女を我がものとした後、平然と捨てることなどできるわけがない。そこまで恥知らずにはなれないからだ。

それに、彼女と自分とでは身分が違いすぎる。ちゃんとした関係にはなれないのなら、やはり彼女のことなど忘れるべきだ。彼女はああして歌うことで日銭を稼ぎ、旅をする歌姫なのだから。

そして、私はジェルーシャ王国の世継ぎの王子だ。いくら彼女に惹かれても、決して添い遂げられない乙女を誘惑するわけにはいかなかった。

「ねえ、ダリウス兄様」

ルーカスがダリウスの腕に手をかけた。

「あの人の声、本当に綺麗だったね」

「ああ……まあ、そうだな」

ダリウスは忘れようと思ったそばから、邪魔をする弟が少し憎らしくなった。

「ロズリンっていうんだって。あの人の歌、まだ聴いていたかったなあ」

彼女はロズリンという名なのか……。

ダリウスは束の間、彼女が自分だけのために歌ってくれたら、どんなにいいだろうと思ってしまった。そんなことは無理だ。考えてはならない。

ダリウスは頭に浮かんだ妄想《もうそう》を振り切るように、素っ気なく言った。

「あの程度の声の持ち主なら、城にいくらでもいるだろう」

「いないわよ、あんな声の人は」

反対側からルイーズがダリウスの手を握ってきた。

「あたし達の耳は特別だもん。あの人の歌声は遠くまで響くの。まるで、あたし達の……」

ダリウスは妹の手をギュっと握り締めた。

「いけない、ルイーズ。よそでは、こんな話はしてはいけないと言っただろう?」

ルイーズは拗《す》ねたように唇を尖らせた。

「そうじゃないもん。あたしはただ、あたし達のために歌っているように聞こえたって、言いたかっただけだもん」

ダリウスは立ち止まり、彼女の前に屈《かが》み、その頭をそっと撫でた。

「悪かった……。だが、おまえ達が世話係や家庭教師を騙《だま》して、城を脱《ぬ》け出したのは、よくないと思うぞ」

「だって、ルーカスが広場に遊びにいこうって……」

ルーカスが横で舌打ちをした。

「これだから、女は……。今度はおまえなんか置いていくからな」

「ひどい！　ルーカスがあたしをいじめるのよ！」

ルイーズは泣き真似をしながら、ダリウスの胸に飛び込んでくる。可愛い弟妹ではあるが、かなり手ごわい子供達だ。世話係や家庭教師だけでは、彼らを制御できないなら、もっと彼らが言うことを聞くような相手を連れてこなくてはならないだろう。

それこそ、衛兵を数人つけるとか。

子供二人だけで、こんな人の多い広場に出かけるなんて、あってはならないことだ。彼らに危害を与える相手がいるかもしれないということもあるが、ダリウスが心配なのは、何より彼らの『正体』がばれる恐れがあることなのだ。

王族であること。いや、正確には、王族の隠された秘密のことだ。

そのことを国民に知られてはならない。けれども、この双子達には警戒心というものがないのだ。勝手気ままに振る舞い、己《おのれ》を律しようともしていない。九歳の子供に自制心を要求するのは無理なのだろうか。

いや、そうではない。ダリウスが九歳の頃はもっと責任感を持って行動していた。双子は末っ子のせいか、天真爛漫《てんしんらんまん》に育ち過ぎた。父王や母妃が甘やかしてしまったからだ。

ダリウスはルイーズの髪を撫でてやりながらも、双子に言って聞かせた。

「とにかく、おまえ達、少しは反省しなくては。どれだけみんなを心配させたと思っているんだ？」

「ダリウス兄様は心配しなかったでしょ？　僕らの居所《いどころ》なんて、城のみんなには判らなくても、兄様にはすぐ判るんだから」

「そういう問題じゃない」

ダリウスはなるべく怖い顔をして、ルーカスを睨んだ。だが、彼は平気な顔をしている。まったく、彼らは手に負えない。

「何度も城を脱走するなら、お仕置きをしなくてはならないな。檻《おり》の中にでも入れておこうか？」

さすがに、ルーカスは怯《おび》えたような表情になった。

「嘘でしょう？　兄様はそんなことしないよね？」

「兄様は怖い顔をするときもあるけど、優しい人だもん。あたし達を檻の中になんて、入れるはずがないわ！」

ルイーズも顔を上げて、必死になって言った。目には涙を浮かべている。どうやら脅《おど》しが少しは効いたらしい。

「それなら、世話係の言うことはちゃんと聞くこと。もちろん、家庭教師の言うこともだ」

「だって、世話係の声はキンキン響いて、嫌いなの。家庭教師の言うことはつまらないし」

「みんな、一流の家庭教師だ。おまえ達はまだ子供だ。たくさんのことを学ばなくてはならない。それが、おまえ達の務めだ」

二人は顔をしかめたが、仕方なさそうに溜息《ためいき》をついた。

「判ったよ……」

ルーカスは憂鬱《ゆううつ》そうな顔で頷《うなず》いた。ルイーズも神妙《しんみょう》な顔をして、同じように頷いている。

しかし、彼らの殊勝《しゅしょう》な気持ちというものは、長くは続かないのだ。また、城の中で問題を引き起こすに決まっている。

とはいえ、こうして城の外に脱走されるのも困る。自分には、いちいち彼らを探すような時間はないのだ。王子としての責務があるのだから。

家庭教師はともかくとして、世話係は替えたほうがいいのかもしれない。確かに、彼女の声はヒステリックに聞こえることがある。いや、本人は真面目でよくやっていると思う。問題はあの声だ。自分も嫌なのだから、始終、一緒にいることを強要される双子にしてみれば、拷問《ごうもん》されているようなものなのかもしれない。

だが、世話係として適任だと言える人間は、他にはいないような気がする。母には王妃としての公務があり、いつも彼らに構ってやれるわけではない。あの世話係は、双子に対する愛情があるように見える。厳しく躾《しつ》けるだけなら、他の人間でもできるかもしれないが、双子にはまだ愛情も必要だ。そんな熱心な世話係が他に見つかるだろうか。

そう。彼らの秘密を知ったとしても、口を閉ざすことのできる誰かが。

ダリウスの脳裏にふと、さっきの金髪の彼女の顔が浮かんだ。

あの声なら、彼らも言うことを聞くかもしれない……。

いや、何を考えている。彼女は旅一座の歌姫だ。関わり合いになってはいけない。城の中での行儀作法も知らないような彼女が、世話係になれるわけはないし、信用だってできない。

それに……。

彼女が城の中にいたら、きっと自分は落ち着かなくなってしまう。

そして、きっといつかは彼女の心を引き裂《さ》くようなことをしてしまうだろう。いや、自分はそこまで本能に忠実というわけではない。大丈夫だ。理性はある。自制心だって、きっとあるだろう。

もちろん、だからといって、彼女を双子の世話係にできるわけではなかったが。

すべては妄想だ。ただの妄想に過ぎない。

彼女が自分の寝台であの長い金髪を広げて眠っているところを想像してしまい、ダリウスはそれをすぐに打ち消した。

「とにかく……城に帰ろう。みんな、心配しているんだ」

ダリウスは双子を宥《なだ》めて、広場を後にする。停めてあった馬車に乗り込み、ダリウスはあの優しくも涼《すず》やかな声を思い出した。
ロズリン……か。
二度と会うことはないかもしれないが、あの緑の瞳をじっくり見つめてみたかった。
自分には、そんな贅沢《ぜいたく》は許されなかったが。

第一章　獣？　それとも王子様？

王都で興行を始めた五日目、宿屋の談話室でみんなと一緒に寛《くつろ》いでいたロズリンは、トールからある知らせを聞かされて、驚いた。

「お城から招待状が届いた？　ねえ、どういうこと？　招待状って……何に招待されたの？」

トールは満面に笑みを浮かべている。

「これは、とにかく名誉なことなんだ。ジェルーシャの王様が、俺達の噂を聞いて、ぜひお城で実演をしてみせてくれってさ」

「実演？　一体、なんの……？」

「俺達がずっとやっていることさ。最初から最後まで見たいそうだ。おまえの歌がとても上手いという噂も聞いているそうだぞ」

ロズリンはとても信じられなかった。自分達は広場で何度も興行を行ったものの、噂は庶民レベルのものだ。しかも、この周辺にだけ有名なのだ。まさか、城にまで、噂が広っているなんて……。

まして、わたしの歌まで……？

やっぱり、信じられない。首を振るロズリンに、レイニーは微笑んだ。

「ロズリンったら、謙虚《けんきょ》なのね。そう言われたのがわたしなら、有頂天《うちょうてん》になるのに」

「だって……わたしの歌が？　王様は実際聴いたら、後悔なさるんじゃないかしら」

「そんなことないわよ。ロズリンはいつも自信がないのよね……。もっと自信を持っていいのよ」

そう言われても、やはり、自信なんて出てこない。両親が亡くなった後、親戚の誰もロズリンを引き取ろうと申し出てくれる人はいなかった。弟だけは喜んで引き取ると言ったのに、ロズリンのことは厄介者を見るような目つきで見てきた。あのとき、胸を抉《えぐ》られるような気がしたものだ。

だから、今も、自分は誰にも望まれていないと思ってしまう。こうして、大勢の人に歌が上手いだの、声が綺麗だのと言われても、それは表面的なものに過ぎない。自分はもっと深いものを求めていた。

それは……愛情だ。

両親のような愛情が欲しい。誰かに全身全霊で愛されたい。今は無理でも、いつかはきっと……。

それまで、ロズリンが自信家になることはないだろう。

トールの息子ドズナーは、市場で聞いた話を披露した。

「王家の呪《のろ》いの話を、教えてやろうか」

「呪いなんて、あるわけないじゃないの」

ドズナーはドナとエリーに馬鹿にされていた。ドズナーは十九歳、ドナは十四歳、エリーは十歳だ。ドナはともかく、エリーに馬鹿にされるのは、ドズナーも我慢がならないだろう。彼は憤慨《ふんがい》したような口調で話し始めた。

「なんでも三百年くらい前に、魔女が呪いを王家の人間にかけたんだよ」

「魔女なんて、本当にいるの？　あたし、見たことないわよ」

「きっと昔はいたんだよ。とにかく、黙って聞けよ」

ドズナーは咳《せき》払いをすると、今度は芝居がかった口調に改める。

「昔々、ジェルーシャ王国に王子がいました。王子は馬で出かけた際に、森の中で泣いている美しい姫を見つけたのです。王子はたちまち姫に恋をして、お城に連れて帰り、結婚しました。ところが、姫の母親は森に住む魔女だったのです。娘を奪われた魔女は王子に呪いをかけました。昼は王子のままですが、夜になると獣になるという呪いを」

「獣って、どんな獣?」

エリーの質問に、ドズナーは首をかしげた。

「さあ……。狼とか狐とかじゃないのか?」

「ウサギとかリスじゃないの?　可愛い動物なら、その王子様と結婚してもいいな」

ドズナーは肩をすくめた。

「おまえなんか、王子様が相手にするはずないだろ」

ムッとしたエリーはドズナーの髪を引っ張った。

「あたしは王子様と結婚するもん!」

「はいはい、判ったよ。でも、この国の王子様はやめといたほうがいいぞ。恐ろしい獣に変身するかもしれないからな。おまえなんか、一口で食われちまうかもしれない」

「……ホント?　やだぁ、そんなの」

ドズナーはニヤリと笑った。

「口がこーんなに裂けて、牙《きば》が見えていて、それから全身が毛むくじゃらで……」

わざと身振り手振りも加えて、ドズナーはエリーを怖がらせようとしていた。エリーも半ば信じかけている。幸い、レイニーが泣き出しそうになっているエリーを抱き締めた。

「嘘に決まってるじゃないの。悪いお兄ちゃんね」

「でも、魔女に呪いをかけられた王子の話は、実際にあるんだよ。嘘か本当かは別として」

もちろん、こんな話はただのおとぎ話だ。誰も信じていないに決まっている。子供が夜寝るときに聞かせる類《たぐい》の話なのだ。

ロズリンは好奇心からドズナーに尋ねた。ドズナーは人懐《なつ》こい性格で、行く先々で、たくさんの人と話している。そのため、この国でもすでにいろんな話を仕入れているに違いない。

「ねえ、この国には王子様がいるのかしら？」

「ああ、もちろん。王子様も王女様もたくさんいるらしい。ここの王族は大家族なんだ」

「まあ……大家族」

ロズリンは大家族に憧れていた。大家族ではないが、家族といつも一緒にいることができるフィニッツ一家のことも、羨《うらや》ましく思っていた。

わたしはもう家族を失ってしまったから……。

フィニッツ一家に、まるで家族のように受け入れられているとしても、実際には違う。

やはり、他人なのだと思うことは、たくさんあった。

「お城に行けば、王様の家族が見られるのね」

ロズリンはどんなに大家族なのかと想像した。さぞかし賑やかなことだろう。いや、王族ともなれば、自分達とは生まれも育ちも違うから、きっと澄ましているに違いない。

それでも、ロズリンは彼らを見てみたかった。別に、ドズナーの話を本気にしたわけではない。大家族に憧れを抱いているからこそ、彼らが互いに抱く愛情の欠片《かけら》みたいなものを感じ取りたいと思ってしまったのだ。

お城に行くのが楽しみになってきたわ！

ロズリンはまだ見ぬ王族に想いを馳《は》せた。


翌日、フィニッツ一座は堅く閉ざされた城門から中へと入った。

城は丘の上に建っていて、二重の城壁に囲まれている。最初の城門を入ると、そこには濠《ほり》があり、跳ね橋が下ろされた。跳ね橋を渡ると、ようやく二つ目の城門の中に入ることになる。

門番は自分達を丁重に迎え入れてくれた。

招かれたのだから当然のことかもしれないが、ロズリンはそんなことでも感動していた。普通なら、旅一座の人間はお城へ招かれたりしないものだ。

建物の中に通された後、小部屋で少し待たされたが、やがて身分の高そうな男性が現れた。いや、それほど身分が高いわけではないのかもしれないが、ロズリン達には彼は立派な人物に見えた。

「どうぞ、こちらへ。皆様がお待ちです」

彼はにこやかに微笑み、先に立って案内する。

城を間近で見たのも初めてだったが、城の中に入るのももちろん初めてだ。ロズリン達はきょろきょろ辺りを見回しながら、廊下を歩いていった。きらびやかな装飾が壁にも天井にも階段の手すりや窓枠にさえもある。大きな絵画が壁にかけられ、彫刻も置かれている。ロズリンは違う世界に入り込んだような気がした。

大広間には大理石の白い柱がいくつも並んでいて、天井が恐ろしく高い。天井は金色で、そこに直接、巨大な絵も描かれていた。女神と天使達の絵だった。

大広間の向こうには、カーテンのような布が何枚も下げられていて、赤い絨毯《じゅうたん》が敷かれている三段ほどの階段があった。そこに玉座が据えられ、王と王妃が腰かけている。そして、大広間の両側に豪華で華奢《きゃしゃ》な椅子が並べられ、身分の高い人々が座っていた。

案内の男性が進み出て、玉座の前で跪《ひざまず》く。フィニッツ一座の全員も緊張しながらも同じように跪いて、頭を垂れた。

「そのほう達は、広場で民衆を楽しませていると聞いた。今日は同じようにして、我々を楽しませてくれ」

我々とは、王だけではなく、大広間の両側の椅子に座っている人達も入っているだろう。

ロズリンはそっと彼らを盗み見た。王の家族や主だった貴族が集まっているようだ。

あら……？

ロズリンは見たことのある顔に驚いた。

あの双子だわ！

そして……。

あの素敵な男性……ダリウス。

彼は王子だったのね！

彼は以前と変わらず、厳しい眼差しでロズリンのほうを見ていた。だが、あのうっとりするような容姿の彼に見られていると思うだけで、身体が震えてくるのを感じた。彼とは身分違いだと判っていたから、もし彼が自分に興味があったとしても、それが何かに発展することはないと思っていた。しかも、王子だと知った今では、まるで望みはない。

けれども、ロズリンは彼のことを強く意識してしまう。最初、彼を見たときからそうだった。彼のほうは、旅一座の歌姫なんて、まるっきり興味がないだろうに。

双子達はロズリンに向かって、陽気に手を振っている。ロズリンは思わず微笑んだが、まさか王子や王女に手を振り返すわけにはいかなかった。

トールは跪いたまま、王の要請《ようせい》に返事をしていた。

「我らがフィニッツ一座は、お集まりの皆様に楽しんでいただけるよう、精一杯、務めさせていただきます」

「ああ、それほど気負わずにいつものようにやればよいのだ」

王はそう言うと、にっこりと笑った。ダリウスとは違って、とても優しそうな人だ。ロズリンは王のその笑顔で、肩の力が抜けるのが判った。そして、それは一座の他のメンバーも同じだったらしい。

そうよね。わたし達が楽しくなければ、楽しい雰囲気はつくり出せないわ。

「みんな……」

トールに促されて、それぞれの楽器を手にした。まずは、ロズリンの歌から始まる。いつもの広場とは違うが、ロズリンは目を閉じて、ここが広場だと思うことにした。

大きく息を吸い込み、歌い始めた。

閉ざされた空間であるからか、自分の声がいつもより響《ひび》いている。ロズリンの楽しい歌に合わせて、音楽が始まった。

ロズリンが目を開くと、ダリウスと目が合う。彼の青い瞳は冷たかったのに、徐々にそれが熱っぽいものへと変化していく。

まるで、陶然としているような……。

彼がわたしの歌にそんな表情をするはずがないわ。

そう思うのに、ロズリンは彼の目から視線を外せなかったし、彼もまたじっとロズリンを見つめている。

こんな城の大広間で、王子と見つめ合っているなんて……。

こんなことは、なんの意味もない。彼にとっては、自分のような旅一座の歌姫など、どうでもいいような存在に違いないのだ。

ロズリンの歌が終わると、軽業やナイフ投げが始まった。ロズリンは裏方に徹《てっ》して、観客に楽しんでもらうよう努力を惜しまなかった。

その間、できる限りの笑顔を見せ、フィナーレを迎えてからは、再び歌ったり、踊ったり……。

やがて、見世物は終わり、フィニッツ一座は王に向かって、頭を垂れた。

王や周りで見ている観客達は拍手をしてくれた。

「面白い見世物であった。褒美《ほうび》を取らせよう」

王の側近が出てきて、トールに硬貨の詰まった袋を手渡した。もう少し、この城にいて、いろんなめずらしいものを見たい気もするが、ダリウスの視線から逃れられるなら、もういいかもしれない。

わたしが意識しすぎなのかもしれないけど……。

ちらりとロズリンはそちらに視線をやった。すると、彼も自分を見ている。目が合うから、やはり勘違《かんちが》いではなかった。

あんなふうに見られると、落ち着かない。胸がドキドキしてきて、どうしようもないのに、また彼のほうを見たくなってくる。この衝動が、自分でも不思議で仕方なかった。

「ねえ、お父様！」

可愛らしい子供の声がした。あの双子の男の子のほうだ。確か、ルーカスという名だったと思う。

「ロズリンの歌がまた聴きたい」

ロズリンと目が合うと、ルーカスはニコッと笑った。なんて可愛い子なのだろう。ロズリンは離れ離れになった自分の弟のことを思い出して、笑みを返した。

王は興味深そうにロズリンを見つめた。

「ロズリンというのは、おまえのことだな？」

「はい」

「この双子の王子と王女は城を脱け出して、広場でおまえ達を見たそうだ。中でも、ロズリン、おまえの歌がいたく気に入ったようだ」

きっと双子が王に、フィニッツ一座のことを話したために、こうして城に呼ばれることになったのだろう。双子が自分の歌を気に入っていると聞いて、ロズリンは嬉しかった。

「ありがとうございます！」

王は満足したように頷いた。

「実は、この双子にはずいぶん手がかかってな。一座がジェルーシャ王国で興行している間、おまえにはこの城に滞在して、双子の世話をしてもらいたいと思っている」

「えっ……」

どうやら、王はロズリンだけ、城に残るように要請しているらしい。というより、命令といってもいいかもしれない。驚いて、トールの顔を見ると、彼はにっこりと笑った。

「別に俺達は構わないよ。こんなお城に滞在できるなんて、もう二度とないことだろう。俺達はしばらくこの国のあちこちを回るが、またここに戻ってくるから、それまでここで王子様と王女様の世話をするといい」

　王の要請について、すでにトールは何か聞いていたのかもしれないと、ロズリンは思った。歌の上手さを買われて、一座に加わっていたが、ロズリンがいない間も一座はちゃんと興行をしていたのだ。そういう意味では、いてもいなくてもいいともいえる。

　ロズリンは一座の一員として、ちゃんとやれているつもりでいたが、不意に自分の立場の危うさを知った。この生活が楽しくて、二年も旅を続けていた。しかし、一生このままというわけにはいかないだろう。

　わたしだって、いつかは誰かと結婚して、子供を持ちたい。今まであまり縁のなかった家族を大事にしたい。

　だが、国から国へと旅を続けていては、花婿《はなむこ》となる相手にも巡り合えそうになかった。だからといって、年齢の近いドズナーとは兄妹のような関係で、結婚はおろか恋愛関係にもなれそうにない。

　それなら、少し環境を変えてみるのも、悪くないかもしれないわ。

　それに、王の命令を拒絶《きょぜつ》したら、どんなことになるのか判らない。どのみち、城に滞在するのは短期間のことだ。しばらくここで過ごしてみて、これからのことを考えてみよう。

　ロズリンは今まで楽しく旅をしていたことを思い出した。それがすべて、必要のないことだったとは思いたくない。しかし、トールが許してくれるなら、違う場所で生きてみるのも悪くない。これからの可能性を模索《もさく》してみたかった。それが、双子の王子と王女の世話係であっても。

ロズリンはトールに頷き、それから王に向かって、膝を折って挨拶した。

「王様、わたしは王様のおっしゃるとおりにいたします。わたしにできる限りのことは、なんでもします」

そのとき、ダリウスが口を挟んできた。

「待ってください。父上、私は反対です。どこの馬の骨だか判らない娘を、城に滞在させて、ルーカスとルイーズの世話をさせるなど、とんでもないことではありませんか！　きちんと教育を受けた世話係がいるというのに！」

激しい口調で言われて、ロズリンはがっかりした。

やっぱり、わたしは彼に嫌われているんだわ。

彼のことが気になるから、そんなふうには思いたくなかった。身分も違うし、彼と自分の間に接点などどこにもないだろう。けれども、さっきの彼の眼差しに熱いものを感じていたロズリンとしては、少しは気持ちが変わったかと思っていたのに。

まったくの間違いだった。彼はやはり旅一座の歌姫などにはなんの関心もない。それどころか、気に入らないのだ。

一時的にとはいえ、わたしなんかがお城に住めるはずもなかったのよ。

そう思って諦めようとしたが、王は窘《たしな》めるような口調で言った。

「ルーカスもルイーズも、世話係の手に余る。普通のやり方では、上手くいかない」

「だからといって……」

「いや、ロズリンの言うことは聞くだろう。彼女の声には魔力のような魅力があるからな」

魔力のような魅力なんて……。

不思議な褒め言葉だわ。ええ、たぶん、これって、褒め言葉よね？

そんなふうに言われたことはなかったが、そこまで褒められたら、誰がなんと言おうが、双子の世話係になりたくなってきた。

そうよ。王子が反対したとしても。

だが、ダリウスもそれ以上、反対しなかった。かといって、賛成もしていないようだったが。渋々《しぶしぶ》、自分の意見を引っ込めたという感じだった。

わたし、お城に住んで、双子の王子様と王女様のお世話をするのよ！

ロズリンはうきうきとした気分になっていた。

これからどうなるのか判らないが、城に住めるなんて、もう二度とないことだ。そのために、彼らの求めるように何度歌うことになったとしても、後悔はしない。

ダリウスがどんなに冷ややかな視線を向けてきたとしても……。

不意に、ロズリンは自分がここに残ることにした本当の理由に気づいて、ドキッとした。

馬鹿ね。王子様に近づけるなんて、思ったりしたらダメよ。

身分は違うし、何より彼は旅一座の歌姫のことなど、軽蔑《けいべつ》しているのだ。じっと見つめてきても、そういう興味なんかではない。

でも……。

でも、ほんの少しだけ、話ができたらいい。

ロズリンはそう思ってしまう自分を哀《あわ》れに思った。


ロズリンはささやかな自分の荷物を取りに帰り、それからまた城に向かった。

本当に自分が城で暮らせるのだろうか。しかも、世話係だなんて、やはり信じられない。

自分なんて、ここで門前払いされてもおかしくはない。門番に用件を伝えると、急に心細くなってきた。

幸い門前払いされることはなく、一座と一緒に来たときと同じように丁重に迎え入れられた。ロズリンはドキドキしながら、自分の荷物を胸に抱いて、跳ね橋を渡り、内側の城門の中へ入っていった。

　みんなと一緒に入ったときは、ただものめずらしいだけだったが、一人ではやはり自分がどんなふうに扱われてしまうのか、怖くてならなかった。

　一時的な世話係として……なんて、実は嘘で、わたしは奴隷みたいに働かされてしまうかもしれない。ロズリンはいろんな妄想が頭に浮かんだ。そういえば、ドズナーは王族について噂をしていた。

　確か、王子が魔女に呪いをかけられて、夜な夜な獣に変身するとか……？

　ロズリンはダリウスのことを思い出した。彼が獣に変身するとしたら、なんになるだろう。エリーが言うように、ウサギやリスだったら、面白い。だが、彼のあの眼光の鋭さを思い出すと、そんな可愛い動物になるとは思えなかった。

　門番が案内してくれた小部屋に、ロズリンは一人取り残された。

　ここは一座と訪れたときに待たされた部屋でもあった。城の出入り口から入ったところにある部屋で、きっとこの城に訪ねてきた人間が、まず通されて、待機させられる部屋なのだろう。

　小部屋には、いくつかの椅子とテーブルがあるだけだ。この簡素な部屋から考えると、ここへ通される者はきっと身分の高くない者ばかりに違いない。

そう思うと、なんだかガッカリする。いや、最初からそれは判っていたのだ。自分はただの旅一座の歌姫だ。こんな扱いをされたからといって、落ち込むほどのことではないだろう。

そうよ。ルーカスとルイーズが、もっとわたしの歌を聴きたいと言ってくれたから、世話係になっただけで、他に理由があるはずがないんだから。

ロズリンは気を落ち着けるために、とりあえず椅子に座ってみた。ほっと溜息をついたところで、扉が開いた。

ロズリンは入ってきた人物を見て、ぽかんと口を開いた。

女官だとか、そういった人が現れると思ったのに、そこに入ってきたのは、ダリウスだったからだ。

彼は相変わらず鋭い眼差しでロズリンを見つめた。

「おまえ……ロズリンといったな?」

「は、はいっ……」

ロズリンは慌てて立ち上がり、それからスカートをつまんで、挨拶をした。

「あ、あの……王子様と王女様の世話係を務めさせていただけるなんて、本当に嬉しいです。でも……わたし、図々しかったでしょうか。お城に滞在させてもらえるなんて、きっと一生に一度のことだし、思い出になると思ったんですけど、やっぱり……わたしがここにいるのは、場違いな気もするし、もし、王様の気が変わって、出ていけということでしたら、わたし……」

「黙れ」

彼は一言だけそう言うと、ロズリンを睨みつけてきた。

黙れって……。

ロズリンは唖然《あぜん》として、彼を見つめ返した。彼は王子かもしれないが、そんな言い方はないだろうと思うのだ。もちろん、文句は言えなかったが。

彼は少し表情を和らげた。

「悪かった。おまえがくだらないことを喋り続けるのを止めたかっただけだ。父は気が変わってなどいないし、おまえのことを図々しいとも、出ていけとも思っていない」

「それなら、あなたが出ていけと思っているの？」

思わずそう尋ねると、彼は顔をしかめた。

「いや……。父の決めたことだからな。しかし、私はおまえが王子と王女の世話係などできるものかと思っている」

彼の考えを聞かされて、ロズリンはガッカリした。誰よりも、彼に認めてもらいたいのに、彼だけはどうしても認めようとはしてくれないのだ。

「わたしがなんの教養もない旅一座の歌姫だから……?」

彼は決まりが悪そうに視線を逸らした。

「あれは言葉のあやというか、その場の勢いで言っただけだ。旅一座の歌姫が悪いわけではない。私はただ……」

彼は何か言いかけて、やめてしまった。

「とにかく、私は反対だが、決まったことは仕方がない。ただし、出過ぎた真似をすることは許さない。何かあれば、すぐに追い出してやるからな」

どうして、彼がそこまで自分につらく当たるのか、判らなかった。彼の弟や妹に変な真似をすると思われたのだろうか。どうして、そんなふうに睨まれるのかも判らなかった。

「はい……判りました、王子様」

お城に住めるとうきうきしていた気分は、彼の意地悪な言葉で、跡形もなく去っていった。しゅんとしていると、王子は咳払いをして、ロズリンに少し近づいてきた。

「……私の名はダリウスだ」

いきなり名乗られて、ロズリンは目をしばたたいた。彼の名はもう知っていたが、名乗ってもらえたということは、名前を呼んでもいいということだろうか。

「え……と、ダリウス王子……」

「ただのダリウスでもいい」

そう言われても、王子を名前で呼び捨てするわけにもいかない。ロズリンは彼がどんなつもりでそう言ったのか判らなくて、戸惑ってしまった。身分は天と地ほど違う。馴《な》れ馴れしくしてはいけないと思うのだ。

とはいえ、彼はじっとロズリンの顔を見つめてくる。まるで、ダリウスと呼ぶのを待っているかのようにも見えた。

でも、まさか……。

「早く呼べ」

「えっ……えっと、ダリウス……？」

彼は満足そうに頷いた。ロズリンはなんだか嬉しかった。

彼の名を呼ぶことを許してくれた。それだけでも、かなりの進歩だ。これ以上の進歩はないかもしれないが、旅一座の歌姫としては、この辺りで満足しておくべきだろう。

「よし。私には双子の他に、弟が二人、妹が一人いる。いずれ城の中で顔を合わせることもあるだろう。いや、間違いなく会うだろうな。みんな、おまえには興味津々《きょうみしんしん》だ」

「わたしに……ですか？」

ロズリンは首をかしげた。どうして、王子や王女のような身分の高い人達が自分などに興味があるのかが、よく判らないからだ。

「いや、おまえというより、おまえの歌、おまえの声が気になるだけだ」

なんとなく、勘違いするなと釘を刺されたような気がする。ダリウスはロズリンのような庶民と王族は違うのだと言っているのだろう。そして、ロズリンの長所はこの声と歌だけなのだと。

「わたしの歌が、そんなにお気に召すとは思いませんでした」

「お気に召すどころか……」

気がつけば、ダリウスはとても近くにいた。少し近すぎるのではないだろうか。少なくとも、よく知らない男性とこんなに近くにいることはよくない。ロズリンはそう思い、後ろに下がった。しかし、彼はまた距離を詰めてくる。

「あ、あの……」

「なんだ？」

ロズリンは壁に追いつめられていた。

「す、少し下がっていただけるといいのですが」

「おまえがもう一度、私の名を呼んだら、下がってやってもいい」

一体、彼は何を言っているのだろう。さっぱり判らないが、ロズリンはとりあえず彼の希望に応えることにした。

「ダリウス……?」

彼は名を呼ばれて、微笑んだ。

さんざん睨まれてきたが、今の彼は蕩《とろ》けるような顔をして、微笑んでいる。さっぱり意味が判らないロズリンだったが、彼の笑顔にはドキッとする。

しかも、こんなに近い距離で微笑まれたら……。

ああ、彼は王子様で、わたしなんかとは身分がまったく違う人なのに……。

彼はロズリンの顎《あご》に手をかけた。そして、スッと顔を近づけてくる。

「え……」

その続きは言えなかった。彼の唇が自分の唇に重なっていたからだ。

ロズリンは身体を強張らせた。

キスなんて……初めてなのに!

柔《やわ》らかい唇が重ねられ、舌がそっと自分の唇に触れてくる。胸がドキドキして、彼を押しやることもできない。

これは現実のことなの……？

まるで、夢の世界の中にいるようだった。初めてのキスがこんなふうに突然されるとは思わなかったし、まして、相手が王子様だなんて……。

唇がそっと離れた。

ダリウスはじっとロズリンを見下ろしていた。そして、火照《ほて》った頬にそっと触れてくる。

「こんなに赤くなるとは思わなかった」

「だ、だ、だって……！　初めてなんですもの！」

「初めて……？　キスがか？」

驚いたように言われて、ロズリンはますます頬を火照らせた。

「おまえ、歳はいくつだ？」

「十八です」

「私は二十七だ。そうか……。十八か」

彼はそう言いながら、ロズリンの頬を撫でている。彼は名前を呼んだら、離れると約束したはずなのに、それも守ってくれていない。それどころか、キスまでしてきたのだ。

「わたしが十八歳だと、何か……？」

「いや、旅一座の歌姫はキスくらい経験があるものだとばかり思っていたんだ」

ロズリンはムッとした。確かに、自分は良家の姫君などではないが、未婚の娘なのだから、自分の身は守るように躾けられている。

「何より純潔《じゅんけつ》は乙女の大事なものだと教えられてきました。キスだって、男性とは気軽にしてはいけないと……。その……少し離れていただけませんか？」

「ああ、すまない」

ダリウスはようやく手の届かないところまで離れてくれた。

「おまえの声には魔力がある。それが私の行動をおかしくさせてしまうんだ」

「魔力……？」

そういえば、王にも似たようなことを言われた。魔力のような魅力があるのだと。それに、ダリウスはさっきからロズリンの声について褒めてばかりいた。

そんなことって、あるのかしら。声に惹かれて、キスをしてしまう人なんて。

「ダリウス様、あなたのおっしゃることが、わたしにはよく判らないわ」

彼は眉をひそめた。

「ダリウスと呼べ」

「やっぱり王子様を呼び捨てにしてはいけないと思うの。わたしはあなたの弟さんと妹さんの世話係になるのだし」

「それはそうだが……」

彼がどうして名前を呼び捨てにしてほしいのか、よく判らなかった。ひょっとしたら、ロズリンではなく、ロズリンの声で呼び捨てにしてほしいのだろうか。

なんだか、本当に自分の声には魔力が宿っているような気がしてきた。しかも、彼ら王族にだけ効く魔力のような……。

まさか、そんなことないわよね。

そもそも、声に魔力などあるわけがない。

そのとき、不意に扉がノックされたかと思うと、その扉が開け放たれた。

「ロズリン！」

ルーカスとルイーズがにこにこしながら入ってきた。が、ダリウスの姿を見て、顔をしかめた。

「ダリウス兄様ったら、何をしてるの？」

「そうだよ。ダリウス兄様、僕達より先にロズリンに会うなんて。何かひどいことを言ったんじゃないだろうね？」

「いや、別におまえ達のことについて話をしていただけだ」

真実はそうではないが、まさかキスをしたとは、さすがのダリウスもこんな小さな双子の弟妹には言えないだろう。ロズリンだって、そんなことは誰にも言えない。

双子はダリウスを押しのけるようにしてロズリンの傍《そば》にやってきて、両側から手を握ってきた。

「ロズリン、僕の名前を覚えてる？」

「ルーカスでしょう？」

「あたしの名前は？」

「ルイーズよね。……あ、でも、わたしは世話係だから、ルイーズ様と呼ぶべきかしら」

相手が子供であっても、身分差は存在する。彼らはきっとこの城の大人達にかしずかれているはずだ。

ダリウスが横から口を挟んだ。

「ルーカスにルイーズでいい。こんな子供に敬称をつけなくてもいいんだ」

「でも……」

「おまえは、この双子がどんなに厄介か知らないんだ。言うことは聞かない。悪戯《いたずら》をする。閉じ込めても、脱け出す。勉強はしない。今はおまえのことを気に入っているかもしれないが、そのうち飽きるだろう」

まるで、ロズリンが新しいおもちゃであるかのように、ダリウスは言った。ルーカスはそれを聞いて、おかしそうに笑った。

「僕達、飽きないよ。ロズリンが命令してくれたら、なんでも言うことを聞くよ」

「め、命令ですって？」

ロズリンは首をかしげた。命令は王族が下すものではないだろうか。どうして、ロズリンが命令を下す側になるのだろう。それとも、世話係というのは、命令するものなのだろうか。いや、違う。自分は彼らの世話をするために、この城に滞在するのだ。

「わたしは命令なんてしないわ。お願いはするかもしれないけど」

ルイーズは明るい声で笑った。

「お願いでもなんでもいいけど。でも、その前にロズリンのお部屋に案内するわ」

それは、女官の仕事ではないだろうか。どうして、この小さな部屋に、王族が何人も現れるのだろう。ロズリンは不思議でならなかった。

そのとき、パタパタと足音がしたかと思うと、女官らしき若い女性が姿を現した。

「ルーカス様、ルイーズ様！　もう、勝手にどこにでも行かないでくださいよ。またお城から脱け出されたら、わたし、首にされちゃいます！」

彼女はダリウスを見て、顔を赤らめ、さっとスカートを摘まんでお辞儀をした。

「失礼しました。こんなところにダリウス様がいらっしゃるとは思いませんでした」

彼女は白襟《しろえり》がついた紺《こん》色のドレスに、白いエプロンをつけている。そういえば、この城で働いている女官は、ドレスの色はそれぞれ違うが、だいたいこんな服装をしていた。

「リンリー、これからしばらくは、このロズリンが双子の世話をすることになったから、追いかけ回さずに済むぞ」

ダリウスは彼女にロズリンのことを紹介した。

「まあ、この方が歌姫なんですか？　さっき伺《うかが》いました。わたし、リンリーです。ルーカス様とルイーズ様の世話係ですけど、しばらくはあなたにお任せできるんですね？」

リンリーはとても嬉しそうにしていた。彼らの世話はよほど大変らしい。こうして好き勝手に、二人でどこかに行方をくらませてしまうなら、いちいち追いかけるのは手間がかかることだろう。

ロズリンはリンリーに挨拶をした。

「初めまして。ロズリンです。お城のことは何も判らないので、いろいろ教えてくださいね」

「ええ、もちろんです！」

リンリーはロズリンと同い年くらいなので、親しく話ができそうだった。二人の間に、ルーカスが割って入った。

「まずは、ロズリンを部屋に案内しようよ。リンリー、彼女の部屋は用意してあるんだろう?」

リンリーは大げさに溜息をつく。

「ええ、わたしが用意している間に、二人とも、いなくなったんですけどね」

「ごめんね、リンリー。ロズリンが来たんじゃないかと思ったら、我慢できなかったんだ」

どうして、それほどまでに自分が彼らに好かれているのか、やはり判らない。しかし、それでも、こんなふうに気に入られているからこそ、城に滞在できることになったのだ。喜ぶべきことだろう。

「まあ、とにかく、ロズリンを部屋に案内しましょう」

リンリーはロズリンににっこり笑いかけてきた。

「それじゃあ、ダリウス兄様……」

ルーカスがダリウスに声をかけた。ダリウスは壁に寄りかかり、腕組みをして、ロズリンをじろじろ見ている。

「兄様ったら、まだ何かロズリンに用事なの?」

「いや……。おまえ達の世話はさぞかし大変だろうと思っただけだ」

彼はロズリンのほうを向いて、笑みらしきものを浮かべた。満面に笑みというわけではなく、引き攣《つ》ったような笑い方で、ロズリンは気になった。

「あの……ありがとうございました」

「おまえはあのことに礼を言うのか？」

彼はおかしそうに言った。きっと彼はキスのことを言っているのだ。他の人には判らないにしても、同じ部屋にいるときに言ってほしくなかった話題である。

「な、なんのことだか判りませんっ」

「判っているくせに」

彼はふっと笑った。さっきよりずっとましな笑い方で、ロズリンは胸が高鳴った。

「ロズリン、兄様は放っておいて、早く行こうよ」

双子に急き立てられて、ロズリンは部屋から出ていくことになった。ダリウスと二人きりでいたときは、早く傍から離れたいと思っていたのに、いざ出ていくことになったら、彼ともっと話がしたかったと思う。

でも……また会えるかもしれないわ。

そんなことを期待してはいけないが、ロズリンは期待せずにはいられない。王子と旅一座の歌姫なんて、まったく不釣り合いで、話にもならないというのに。

ロズリンは荷物を持ち、双子とリンリーに城の中を案内されながら、彼の唇や手の感触を思い出し、一人で顔を赤らめた。

案内された部屋は、小さいながらも個室となっていた。寝台と小さなテーブル、椅子、衣装戸棚が備えつけてある。

宿屋では、ドナやレイニーと同じ部屋で寝起きしているロズリンにとって、ここは自分だけのお城のように思えた。

「本当に、わたしがこのお部屋に寝泊まりしていいの？」

思わずリンリーに尋ねたら、彼女に笑われてしまった。

「おかしなことを言うのね」

「でも、わたし、旅ばかりしていたから、自分の部屋を持つのは久しぶりで……。あ、ここはわたしの部屋というわけじゃないけど」

ほんの一時《いっとき》、滞在するだけだ。自分の部屋などと思うのは間違いだ。

「あなたのお部屋よ、今のところはね」

部屋までついてきたルーカスとルイーズは、ロズリンのスカートを引っ張った。

「ねえ、歌を聴かせて。この間の子守唄がいいな」

双子は、ロズリンが歌うまで、離れるつもりはないのかもしれない。とはいえ、それほどまでに自分の歌が好きだと言ってくれる人などいない。彼らが初めてだ。そう思うと、こんなに熱心に歌をせがまれて、嬉しくないわけがなかった。

特に、子守唄は、ロズリンにとっても、母の思い出が詰まった歌だ。大事にしている歌を聴きたがっている彼らに、ロズリンは好感を持った。

「いいわ」

ロズリンは双子ににっこり笑って、歌い始めた。

二人はうっとりとして、聴き入っている。リンリーもニコニコしながら聴いてくれていた。

歌い終わると、二人はまたねだり始めた。

「ねえ、もうちょっと……」

「でも、これからしばらくここにいるのよ。今でなくてもいいんじゃないかしら。それに、そんなに何度も聴いていたら、飽きてしまうかもしれないわ」

ルーカスは口を尖らせて抗議した。

「飽きたりしないよ。絶対、飽きないから」

「でも、あなた達、他にすることがあるんじゃない？　王子様と王女様だものね。きっといろんなことを教えてもらっているんでしょう？　羨ましいわ」

「羨ましい？　何故？」

ルイーズはキョトンとした顔で尋ねてきた。実際、彼らにしてみれば、毎日勉強だと追い立てられているのだろうから、嫌になってきてもおかしくはない。

「羨ましいわよ。だって、いいおうちの子でなくちゃ教育を受けさせてもらえないのよ。わたしは七歳のときに両親を亡くして……。それから、働くことになったのよ」

「七歳のときに……？」

一気に、二人の気持ちが同情に傾いたけれども、別に同情してほしいわけではないのだ。

「お父さんやお母さんに代わって、誰か面倒を見てくれる人はいなかったの？　てっきりあの人達がロズリンのお父さんとお母さんだと思っていたのに」

『あの人達』とは、フィニッツ夫妻のことだ。自分もあの家族の一員のように見えていたかと思うと、嬉しかった。できれば、自分も家族になりたかったが、やはり家族のように見えるだけなのと、本物の家族とは違う。

ルイーズはうるうるした目でこちらを見ている。ロズリンは微笑んで、彼女の肩を抱き寄せた。

まだ何も知らない子供である彼女に、つらい現実など吹き込みたくはない。けれども、知ってほしいこともあった。勉強したくても、できない子供達もいることを。

「世の中には、いろんな事情の人がいるものよ。わたしは七歳で働かなくてはならなかったけど、わたしを雇ってくれたおばあさんはいい人で、いろんなことを教えてくれたのよ。といっても、難しいお勉強とは違うけど」

「どんな勉強?」

彼女は興味津々といった顔をして尋ねた。

「基本的なことよ。読み書きに計算。それから、礼儀作法に生活の知恵。叱られて、悲しい思いをしたこともあるけど、何も知らないよりずっとよかったって思うの」

「……そうなの? 僕は勉強より遊んでいたいんだけど」

ルーカスは困ったような顔でそう言った。さっきよりは、真剣な顔をしているから、ロズリンが語った身の上話も無駄ではなかったのかもしれない。

「じゃあ、あなたはどんな大人が尊敬できる? 遊んでばかりいる大人を見て、そうなりたいと思う?」

ルーカスはそれを想像したのか、ブルブルと身を震わせた。

「やだ。僕はそんな大人になりたくない。僕はダリウス兄様みたいになりたいんだから」

ロズリンは微笑んで頷いた。ダリウスがどんな人間なのかは知らないが、兄弟の一番上として、責任感があるように見えた。少なくとも、遊んでばかりの大人ではないようだった。

ルイーズもルーカスの真似をして、身体を震わせた。

「あたしはお母様みたいになりたい」

ロズリンは大広間に通されたとき、王の傍《かたわ》らにいた上品で美しい女性のことを思い出した。彼女が王妃なのだろう。

「お母様はどんな方なの？」

「あのね、優しくて、いい匂いがして、刺繍《ししゅう》や編み物が上手なの。あと……あとね、ロズリンみたいに歌が上手くなりたい！」

ロズリンはにっこりと微笑みかけた。

「じゃあ、毎日、一緒に歌いましょうね。刺繍や編み物はお母様に習えばいいわ。それから、お母様はとても教養のある上品な方に見えたわ。だから、あなたも……」

ルイーズは神妙な顔で頷いた。

「あたし、頑張る！」

「その調子よ」

ふと気づくと、リンリーがこちらを見ている。彼女は本当の世話係なのだから、自分が出しゃばったことをしたのかもしれないと思って、ロズリンは頬を赤らめた。

「ごめんなさい。偉そうなことを言ってしまって……」

「いいえ、感心していたのよ。ルーカス様もルイーズ様も脱走がお好きで、なかなか言うことを聞いてくださらないから」

上手く手懐《てなず》けたと言いたいのだろうか。そんなつもりはなかったし、彼らが本当に自分の言うことを聞いてくれているのかどうかは、まだ判らない。今はおとなしくしているだけかもしれないのだ。

「わたし、お二人のお勉強の時間を邪魔したくないから、きちんと仕事を教えておいてもらえると助かるんだけど」

「ええ、いいわよ。後で教えてあげる」

リンリーはちらりとルーカスとルイーズを見た。

「さあ、お二人とも、そろそろ歴史の先生がいらしてくださる時間ですよ。ロズリンは荷物の整理をしなくてはいけないだろうし、後でまた会ったらいいと思うわ」

双子は不満そうな顔をしたものの、勉強したほうがいいと納得させられてしまったので、渋々、リンリーと一緒に部屋を出ていった。

荷物の整理といっても、自分の私物というのは、本当に少ない。数枚の着替えと母の形見の櫛《くし》と手鏡。それ以外のものなど、何も持っていなかった。それらを片づけるのに、ほとんど時間はかからない。

ロズリンは大きな腰高窓を開けてみた。城の中庭が少しだけ見えて、ロズリンは咲き乱れる花々にほっと息をつく。この部屋はいいところだ。使用人の部屋は、もっと裏手のほうにあるのが普通だからだ。

この城には多くの人が暮らしている。だから、昼間の今は静けさとは無縁だが、夜はどうなるのだろう。

ふと、頭の中に過《よぎ》ったのは、ダリウスの姿だった。

気がつくと、ロズリンはまたダリウスの唇の感触のことを思い出していた。こんなことを繰り返し思い出すなんて、恥ずかしい。けれども、あれが初めてのキスだったのだから、何度も思い出すのも当たり前のことだ。

ロズリンはそっと自分の唇に触れた。

彼のあの青い瞳に見つめられると、抵抗も何もできなくなって……。

あの眼差しを思い出しただけで、胸がドキドキしてしまう。彼のことをなんとか頭から追い出そうとするものの、なかなか上手くいかない。

でも……彼がキスをしてきたのは、わたしがそういう経験があると思い込んでいたからだわ。

真実はまるで違う。キスも初めてだったことが判ったのだから、彼はもうこれ以上、自分に近づいてくるとは思えなかった。

しばらく外を見ていると、扉がノックされた。

「はい、どうぞ」

扉が開くと、そこにはリンリーがいた。彼女とお揃いの紺色のドレスと白いエプロンを手にしている。

「これは、あなたのよ。たぶんサイズが合うと思うんだけど」

ロズリンは真新しいドレスとエプロンを見て、感嘆《かんたん》の声を上げた。

「嬉しい！　わたし、こんな綺麗なドレスを着るのは初めて」

「綺麗といっても、わたし達のは、お姫様のドレスとは違うわよ」

リンリーにドレスとエプロンを手渡されて、自分の身体に当ててみた。大きな鏡がないから判らないが、サイズは合っているようだった。

「新しいだけで、充分よ。わたしのドレスは元から古着だったもの」

それでも、レイニーが買ってくれたときは嬉しくて仕方がなかった。城で働くときは、こんなに綺麗なものを支給されるのだとは知らなかったが、これだけでも双子の世話係を引き受けてよかったと思うのだ。

「わたし、少しの間だけだけど、しっかり働くから、これから、わたしがするべき仕事を教えて」

リンリーは微笑んで頷き、丁寧にいろんなことを教えてくれた。

仕事は朝早くから、双子を起こして、着替えさせて……という雑用から始まるが、彼らが眠ってしまえば、後は何もない。まだ子供だから、眠りにつくのが早いので、自分の時間は充分にあるという。

「朝起こすときのことなんだけど、あの子達の部屋に入ってはダメよ。扉を開けて、声をかけるの。寝台に近づいてはいけない決まりよ」

「え……でも……どうして？」

「馬鹿馬鹿しいと思わずに、きちんと守ってね。あの子達、寝起きがすごく悪いけど、辛抱強く声をかけたら、ちゃんと起きてくれるから」

高貴な人々の寝姿を見てはいけないということだろうか。ロズリンは首をかしげながらも、頷いた。

「判ったわ。扉を開けて、その場で声をかけるのね」

「あの子達は頭がすごくいいの。だから、問題が起きるのよ。なかなか言うことを聞いてくれなかったり、勉強をさぼって、どこかに隠れたり、城を脱け出したり……。本当に手を焼くのよ。でも、あなたの言うことなら聞くみたいだから……」

「でも、いつまでもわたしの言うことを聞いてくれるかしら。わたしの歌や声が好きだと言ってくれて嬉しいけど、それとこれとは別だと思うし」

「そうなのよね……。でも、あの子達……ちょっと変わっているから」

確かに変わっているかもしれない。どこがというわけではないが、なんとなく他の子とは違う気がする。自分は王子や王女を他に知らないから、そんなふうに感じるだけなのかと思っていたが、そうではないのだろうか。

「そうね……。どこが違うのかしら」

「感覚が鋭いみたいなのよ。特に、耳や鼻がいいみたい。あと、勘もいいのよ」

ロズリンは首をかしげた。耳がいいから、歌が好きなのかもしれない。なんとなく釈然《しゃくぜん》としなかったが、とにかく、彼らは少し特別な子供なのだろう。

「それからね……。彼らが普通の子供とは違う決定的なところがあるんだけど……。それは言わないでおくわね」

「えっ、どうして？」

何かあるなら、前もって知らせてほしいのだが。

「わたしが言っても信じてもらえないと思うもの。彼らは一応、隠しているから、ひょっとしたら判らないかもしれないし。でも、何があっても、驚いたりしないで。なんというか……あるがままに受け止めてくれたら、それでいいのよ」

ますます、判らない。彼女は何が言いたいのだろう。

「でも……」

「わたし、あなたのことを信じているから！　わたしの勘はあまり当たらないけど、今回は当たりそうな気がするのよ。だって、あなたはあの子達のお気に入りだもの」

リンリーは言いたいことだけ言ってしまうと、すぐに部屋を出ていった。まるで、詳しく追及されたくないといった態度で、ロズリンは訳が判らず、ただ戸惑うだけだった。

あの双子には何か秘密があるというのかしら……。

それとも、秘密があるのは、このお城？

ロズリンは途方に暮れていた。

その夜、ロズリンはいつの間にか眠っていたようだった。

ふと夜中に目が覚め、腰高窓を開けっ放しにしていたことを思い出した。夜の空気が部屋に忍び込んできて、肌寒い。ロズリンは起き上がろうとして、部屋の中に何かの気配を感じた。

蠟燭《ろうそく》に火をつけていたはずなのに、消えてしまっている。だが、月の光が入ってきていて、室内は暗闇というわけではなかった。

何か……何かがいるわ。

その『何か』は人間ではなかった。大きな獣が窓の前に立って、こちらをじっと見つめている。

ロズリンは凍りついたように動けなかった。黒い毛に覆われた獣は、まるで狼のように見えた。だが、狼よりはるかに身体が大きい。その獣は唸《うな》りもせずに、ゆっくりとこちらに近づいてくる。

「いや……っ」

ロズリンは思わずそう口走ってしまった。

獣に人間の言葉が判るわけがない。だが、獣は一瞬、脚を止めた。ほっとしたのも束の間、獣は寝台に跳び上がってきた。

襲われる……！

身体の上に獣の体重がかかる。ロズリンは寝台に組み敷かれていて、身動きもできなかった。獣の眼光がこちらに向けられる。恐ろしさに、ギュッと目を閉じた。

頭から食べられてしまう。もしくは、喉笛《のどぶえ》に噛みつかれるのだ。

しかし、一向に噛みつかれなかった。目が開けられずにいると、顔に何か柔らかいものが押しつけられた。

な……何？　なんなの？

ロズリンは混乱した。獣の鼻先かと思ったが、まるで人間の唇に思えてくる。いや、単なる人間ではなく……。

そう。ダリウス王子のキスと同じ感触がした。

きっと、恐怖のあまり、感覚がおかしくなっているのだろう。獣に襲われているのに、どうしてダリウスの唇のことなど思い出しているのか判らない。

わたしは今にも食べられてしまうというのに……！

しかし、自分を押さえつけている獣の身体も、なんとなく人間のそれのような気がしてくる。

わたしは……ひょっとして夢を見ているのかしら。

そうよね。窓を開けていたからって、狼が部屋に忍び込んでくるはずがないもの。これは、きっと夢なんだわ。

額や頬、鼻、それから顎にも唇が押しつけられているように感じる。ロズリンはダリウスの夢を見ているのだと思った。

唇にもキスをされ、ロズリンの身体は震えた。

ああ、そうよ……。確かに、この唇だわ。間違いない。

唇を舌でなぞられ、思わず口を開いた。すると、するりと彼の舌が自分の口の中に滑《すべ》り込んできた。

胸の鼓動が跳ね上がる。

だって……。

こんなことは初めてだ。唇を重ねただけではない。舌が触れ合うようなキスをしたのは初めてだった。

夢にしては、生々しい感じがした。あまりにも現実感がある。彼の舌が自分の口の中を好きなように蹂躙《じゅうりん》している。ロズリンは自分の舌を絡めとられて、あまりにも激しくキスをされていることに呆然とした。

これは……本当に夢なの？

ロズリンは怖くて目を開けることができなかった。夢であってほしいような、ほしくないような、不思議なふわふわした気持ちがする。

キスが深まるにつれて、身体がとても熱くなってきた。蕩けるような甘い疼《うず》きも感じてしまう。自分の身体がどうかなってしまいそうだった。

唇が離れる。ロズリンは思わず目を開けた。そこには、獣ではなく、人の姿がぼんやりと見える。

「ダ、ダリウス……？」

窓から月明かりが入ってはいるものの、顔ははっきりとは見えない。しかし、人の形は見えた。彼はふっと笑った。その声で、やはり彼はダリウスだと判る。

彼が……どうしてここに？

さっきは、獣がいたと思ったのに。

ロズリンは混乱していたが、同時にダリウスが自分の寝台にいて、しかも、こうして身体を押さえつけていることにドキドキしてきてしまった。

何か言わなくてはならない。出ていってと言うべきだろうか。

そんなことを考えているうちに、彼はまたロズリンの唇を奪った。

ああ……彼がどうしてここにいるかなんて、どうでもいいわ。これが夢であろうと、なかろうと、そんなことはどうでもいいの。

ロズリンは彼にキスされて、今まで感じたことのない気持ちになっていた。胸の中に何か浮き立つような感情がある。本当は危機を感じるべきなのに。もしくは、恐怖だ。

けれども、今は幸福感がロズリンを支配していた。

もっとキスをしてもらいたい。抱き締められて、彼のことをもっと感じていたい。

そんな強烈な欲求も感じる。まるで、自分が自分でないようだった。少なくとも、今までこんな気持ちになったことは、ただの一度もなかった。

そう。彼がこんな気持ちに初めてさせたのだ。

ロズリンは陶然としながら、彼のキスを受け入れていた。それどころか、自分から積極的に舌を絡めていた。

でも、こんなことは、あり得ないんだもの……。

これはやっぱり夢よ。夢のはず。現実ではないから、どう振る舞っても構わないの。

だから、ロズリンは本能のままに振る舞うことにした。彼がすることを受け入れて、彼が与えてくれるものを受け取ろう。そんな気持ちになっていた。

彼は……何も着ていないように思える。あの獣がそのまま人間になったとしたら、きっとこんなふうに裸だったはずだ。

だが、自分の寝台に裸の男性がいるなんて、信じられるだろうか。まして、それが王子様だなんて。そんなことは、やはりあり得ないのだ。だから、これは夢の中の出来事なのだ。

彼は唇を離すと、今度は喉元にキスをしてくる。首筋にも唇を這《は》わされて、ロズリンは思わず悩ましい吐息を洩《も》らしてしまった。

これが現実のことなら、恥ずかしかっただろう。しかし、これは夢の中のことだ。ロズリンは手を伸ばして、彼の身体に触れた。

滑らかな肌だわ……。

やはり、彼は裸だ。その裸の彼は上掛けをすっかり剝《は》いでしまって、再びロズリンの上に覆いかぶさってくる。彼の熱い身体が、白い粗末な夜着を身に着けているロズリンの身体を抱き締めた。

下腹部に何か固いものが触れて、ドキッとする。

一瞬、身体を強張らせたものの、彼の吐息を耳元に感じると、再び夢の中に入っていくような気がした。

彼は身体を起こし、ロズリンの夜着のリボンを解き、ボタンを外していく。そして、胸元を左右に開いた。

胸のふくらみが曝《さら》け出されている。ロズリンは思わず胸を手で覆った。だが、彼に両手を摑《つか》まれ、シーツに押しつけられる。

乳房をじっと見つめられて、ロズリンはいやいやするように頭を振った。しかし、彼は手を離してはくれなかった。それどころか、顔を静かに傾けていき、ふくらみにキスをしてきた。

「や……っ」

自分の声が耳に響く。

拒絶しているつもりなのに、甘く聞こえてくる。まるで、本心では誘っているかのような声だ。

彼の長い髪が裸の胸を掠《かす》っていく。彼の唇が胸の頂《いただき》をそっと包んだ。その途端、自分の身体がビクンと揺れた。

柔らかい舌がそこに絡みつき、ロズリンは快感と共に戸惑いも覚えた。こんなところが、こんなに気持ちがいいなんて、今まで知らなかった。自分の身体のことなのに、何も知らなかったのだ。

キスだって……初めてだったんだもの。

知らなくて当然だ。しかし、これが夢の中だとしたら、こんなに気持ちいいのも、現実ではないからなのかもしれない。

でも、これは……本当に夢なの？

ロズリンの頭の中は痺《しび》れたようになっていて、上手く考えられなかった。現実のようでもあり、夢のようでもある。どちらにしても、自分が感じていることだけは事実だった。

ロズリンはもう手を押さえられていなかった。彼は両手で両方の乳房を包み、同時に指で乳首を撫でていく。

とても恥ずかしいことをされているのに、同時にそれが喜びのようにも感じる。感覚がおかしくなってしまっていて、自分でもそれが何故なのか判らなかった。

これが夢なら……わたしはこういうことを求めていたというの？

ああ、よく判らない。

彼の手はとうとう夜着を脱がせてしまった。蠟燭も灯していない。薄闇の中だから、はっきりとは見えないだろう。それでも、彼の鋭い眼差しには、すべてを見られているような気がしてならなかった。

そう。彼に隅々《すみずみ》まで見られていて……。

ロズリンは胸の動悸《どうき》が止まらなかった。見られることで、自分の身体が興奮しているようだった。

彼はそっとお腹にキスをしてきた。

「あ……ぁ……」

彼がキスをしたのは、お腹だけではなかった。腰や太腿にもキスをしてくる。そして、脚の付け根にも。

「ダメ……ッ」

思わず、ロズリンはそう口走った。

ダメよ。そこは……。たとえ夢の中でも、してはいけないことがあるのよ。

けれども、懸命《けんめい》に脚を閉じようとするロズリンの努力を嘲笑《あざわら》うかのように、彼はいとも簡単にその両脚を開いていった。

「ああ……見ちゃダメってば……っ」

もちろん、この薄闇の中で見えるわけはないのだ。しかし、彼にはじっと見つめられているような気がする。そう思っただけで、両脚の奥がじんわりと痺れてくるような感覚を覚えた。

すっかり蕩けきっている……。

そんな反応をする自分が恥ずかしかった。

彼はロズリンの両脚を押さえたまま、その中央にも顔を埋《うず》めていった。

「そんな……！」

信じられない。そんなことをするなんて！

羞恥心《しゅうちしん》が込み上げてきたが、彼に秘部を舐められて、すぐにそれどころではなくなってくる。

気持ちよくて……たまらなくて……！

ロズリンは腰を揺らした。

これは夢なのか、妄想なのか。それとも、現実のことなのか。

ロズリンは頭を左右に振った。髪がシーツに触れて、パサパサと音がした。ひょっとしたら、これは現実なのかもしれない。けれども、一国の王子が自分なんかの部屋に忍んでくるとは、とても思えない。

それに……。

あの獣の姿はなんだったの……？

彼が自分にこんな不埒《ふらち》な真似をしているとも思いたくなかった。そして、それを自分がすっかり受け入れているということも。

そうよ。これは現実のことではないんだから。

それでも、身体の内部に忍び寄る熱い快感は、とても夢だとは思えなかった。しかし、たとえ、これが現実だったとしても、自分はもう逃げられなかった。快感に囚《とら》われてしまって、逃れることなんてできない。

だって、ここでやめられたら、わたし……耐えられないわ。

腰がひとりでに揺れていく。とても、止められない。身体の芯《しん》が燃えていて、それが一気に燃え広がろうとしていた。

「ダメ……ああ、ダメッ……」

快感が自分でも制御できないところまできていた。

どうしよう。どうしたらいいの？

わたし……どうにかなってしまいそう。

熱いものが込み上げてきて、ロズリンは身体を強張らせた。

「あぁぁーっ……！」

信じられないほどの激しい快感が、自分の身体を貫いていった。

鼓動が速い。呼吸が荒い。

束の間、ロズリンの意識は遠のいた。そして、目を閉じ、余韻《よいん》を味わう。

はっと気がついたとき、自分の身体の上にあった彼の重みが消えていた。目を開けると、黒い獣の影が窓から外へと消えていくところだった。

え……？

今のはなんだったの？

ロズリンは裸で寝台に横たわっていた。

身体はまだじんじんとしている。けれども、意識ははっきりしていく。

わたし……わたし、一体、何をしていたの？

そして、今、わたしの身に起こったことはなんだったの？

ロズリンは呆然としながら、身を起こした。夜風が冷たい。しかも何故か裸になっている。今あったことは、すべて現実だったようにも思えた。

いいえ、そんなはずはないわ……。

ロズリンは起き上がり、窓辺へ近寄った。カーテンの陰からそっと外を覗《のぞ》くが、誰もいない。

それでも、身体のほうはまだ何か刺激を求めているみたいに震えていて……。

ロズリンは眉をひそめて、窓とカーテンを閉めた。

夢よ。すべて、夢なのよ。

ダリウス王子がこんなところに来ていたはずがない。

ロズリンはそう思うしかなかった。

第二章　秘密を告白されて

翌朝早く、ロズリンは目を覚ました。

夜中のことはもう考えないことにした。思い出すと、恥ずかしいだけだ。あんな夢を見るなんて、どうかしていたに違いない。

きっと、いつもと環境が違いすぎるから、変な夢を見てしまったんだわ。それに、初めてのキスを経験したばかりだったし。

あれは本当のことだったのかもしれないという考えが、ちらりと胸に過《よぎ》るが、それを慌てて打ち消した。

本当のはずはない。というより、本当だったら困る。よく知らない男性に裸を見られ、あんな恥ずかしいことを許してしまったのだから。

ロズリンは昨日もらったドレスを身に着け、それからエプロンを着けた。ドレスは袖《そで》がふくらんでいて、可愛いデザインのものだった。それにフリルのついたエプロンを合わせると、ロズリンはまるでお姫様にでもなったような気がした。

いや、本物のお姫様はもっと可愛い格好をしている。そして、自分はそのお姫様や王子様の世話をするのだ。

ロズリンはリンリーに教わったとおりに、双子の部屋に向かった。いつでも二人一緒に行動している彼らは、同じ部屋で寝起きしているのだ。

ダリウスはどこで寝起きしているのかしら……？

昨夜の夢のことを思い出し、ロズリンは頬が熱くなり、思わず自分の両頬を押さえた。こんな爽《さわ》やかな朝なのに、自分は一体、何を考えているのだろう。

自分の頭の中にあるダリウスのしなやかな身体のことを追い出そうとして、ロズリンは足早に双子の部屋へ行き、扉を叩くと、開いて中に入った。

扉を閉めて、寝台に近づいたとき、ロズリンは突然リンリーに言われたことを思い出した。

確か、扉を開けて、そこから声をかけるようにと。寝台に近づいてはいけないと。

しかし、双子の寝姿は愛らしい。二つ並んだ寝台のうち、扉に近いほうがルーカスで、奥のほうがルイーズだ。柔らかそうな寝具に包まれ、行儀よく眠っている彼らを見て、ロズリンは微笑み……。

そして、凍りついた。

彼らの頭の上部の左右に、何か見慣れぬものが二つ生えていた。

動物の耳に見える。ウサギの耳のように長いし、尖っている。そして、それには、薄い茶色の毛が生えていた。野ウサギの毛の色と同じだ。

ロズリンはしげしげとそれを見て、思わずそれを摘まんでしまった。すると、それがピクピクと動いたので、慌てて手を離す。

これって、生き物なのかしら？

ロズリンは目を凝《こ》らして、それをじっと見つめた。どう見ても、やはりウサギの耳だ。しかし、どうして、ルーカスの頭にウサギの耳が生えているのか、理解できなかった。

だいたい、耳は他にもある。ちゃんとした人間の耳もついているのだ。

「……ロズリン？」

今の今まで、眠っていたルーカスがぼんやりと目を開け、こちらを見ている。ロズリンの目の前で、ウサギの耳がするすると引っ込んで、見えなくなってしまった。

「え……？　ええっ？」

ロズリンはもう一度、ルーカスの頭をじっと見つめた。今は、ウサギの耳のようなものは見当たらない。それなら、さっきのは幻だったのだろうか。それとも、自分の目がおかしいのか。

まだ眠っているルイーズに目をやると、彼女の頭の上にもウサギの耳がある。間違いない。自分の見間違いでもない。これは、確かにウサギの耳だ。

「ルイーズ！」

ルーカスの鋭い声に、ルイーズははっとしたように目を見開いた。すると、たちまちウサギの耳は引っ込んだ。

一体、これは……何？

呆然としていると、ルーカスは身体を起こし、こちらを懐柔するような笑みを浮かべた。

「おはよう、ロズリン。でも、リンリーに言われなかった？　僕らの寝室に入ってきちゃいけないって」

「言われたわ。でも、うっかり入っちゃったのよ」

「……ふーん。じゃあ、明日からは絶対ダメだよ。それで、今日の朝食は……」

ロズリンは腕組みをして、素知らぬ顔をしている双子を見つめた。

「ねえ、今、あなた達の頭に、ウサギの耳のようなものが出ていたのを見たんだけど」

双子は顔を合わせて、目配せをしたかと思うと、純真そうな目をして、こちらを見た。

「ウサギの耳？　なんのこと？」

「それは、わたしが訊《き》きたいわ。正直に話してくれたら、朝にふさわしい歌を歌ってもいいけど」

二人は再び顔を見合わせた。そして、改めてロズリンを見ると、ニコッと笑った。

「内緒だよ。ロズリンだけに言うけど、僕達、時々、そうなるんだ」

時々、ウサギの耳が生えてくるということだろうか。ロズリンは昨日、リンリーが言った謎の言葉を思い出した。

彼らは変わっていると。あるがままに受け止めろと。

こういうことだったのね……。

彼らは隠しているが、世話係のリンリーはとっくに知っているようだ。しかし、どうして彼らがそんなふうになるのか、理由が判らなかった。一体、どういうことなのだろう。

「内緒にするけど、どうしてそうなるの？」

ルーカスは肩をすくめた。

「生まれつきだよ。僕達、みんなそうなんだ」

「みんなって……」

「みんなはみんなだよ」

彼は多くを語ろうとはしなかった。

不意に、ロズリンはドズナーが言った伝説のような話を思い出した。王族が魔女に呪いをかけられたという話だ。王子が獣になる呪いだ。

もちろん、あの話を聞いて、本当だとは思いもしなかった。というより、ドズナーのつくり話のようにも思っていたのだ。それが、まさか本当だったとは……。

いや、本当に呪いをかけられたかどうかは知らないが。

彼ら王族はなんらかの特殊な体質の持ち主なのだろう。

「みんな、ウサギの耳が生えてくるの？　ダリウス王子も？」

ロズリンはダリウスの頭にウサギの耳が生えているところを想像してみようとしたが、無理だった。双子には似合っていたが、彼には似合わない。

彼はウサギというより、狼で……。

ロズリンははっと気がついた。

昨夜のアレは本物のダリウスだったのかもしれない。

いいえ、まさか……。自分が見たように思ったのは、本物の獣だった。

まさか、人間があんなふうになるとは思えない。しかし、ウサギの耳は実際にちゃんと目撃したのだ。ウサギの耳が生えるのなら、全身が狼に変身したからといって、そこまで不思議ではないのかもしれない。

できれば、そんなことは信じたくなかった。夢だと思って、奔放《ほんぽう》に振る舞ったことを思い出すと、あれは現実のことではなかったということにしてしまいたい。

双子は笑いながら、ロズリンの質問に答えた。

「ダリウス兄様はウサギじゃないよ。すごく立派な狼なんだから」

ロズリンは気を失うかと思った。が、次の瞬間、全身がカッと熱くなる。

昨夜、部屋にやってきたのは、やはり狼に変身したダリウスだったのかもしれない。そして、彼は人間の姿に戻って、ロズリンにキスをして、愛撫《あいぶ》をしてきた。

それだけではない。もっと恥ずかしいことをした。寝台の中で、お互い裸で抱き合った。彼の愛撫で、信じられないほどの快感に導かれたのだ。

あれが夢じゃなかったかもしれないなんて……！

もし、あれが現実だったとしたら、わたし……わたし、なんてことをしたのかしら！

羞恥心が込み上げてきて、今すぐ城を出ていきたかった。しかし、もちろんそんなことはできない。双子の世話はほぼ王の命令なのだ。それを承諾《しょうだく》したのは自分だし、今更、自ら勝手に出ていくなんてことが許されるはずがなかった。

ああ、でも……！

ロズリンは身をよじりそうになるくらい、恥ずかしかった。

あれがもし現実なら、ダリウスとはもう絶対に顔を合わせたくない。

人間が獣に変身するという事実について、ロズリンはごく普通に受け止めていた。ウサギの耳を目撃したからなのかもしれないが。やはり、受け止められない人もいるに違いない。けれども、ロズリンは何故だかそれほど不思議には思えないのだ。

それより、ロズリンにとっては、ダリウスと自分が昨夜してしまったことが現実か否かということのほうが重要だった。獣に変身する人間がいても、別に害にはならないと思うが、もしダリウスと本当にあんなことをしたのだとしたら、やはりフィニッツ一座の許《もと》へ逃げ帰りたかった。

「ロズリン、早く朝の歌を歌って」

双子に急かされて、ロズリンは懸命に自分の動揺を抑えながら、まずは彼らの身支度を優先させた。そして、完璧に整ってから、約束を守るべく歌い始めた。

朝にふさわしい爽やかな歌だ。彼らはうっとりとしたような目つきをしながら、聴いてくれた。彼らはやはり普通の人間とは違うのかもしれない。誰もがこんなふうに自分の歌を聴いてくれたら、どんなにいいだろうと思うが、そうではないからだ。

でも、悪い気はしない。というより、かなり嬉しい。

動揺も少し薄れ、気持ちよく歌い終わったところで、部屋の扉がいきなり開いた。

「あ、ダリウス兄様だ！　ロズリンの歌、聞こえた？」

ルーカスが扉のところに立つダリウスに、飛びついた。ダリウスの目はロズリンに向けられている。

彼の姿を見て、ロズリンは狼狽《ろうばい》した。昨夜のことを思い出したからだ。あれが夢だったとしても、顔を合わせるのは気まずいと思っていた。けれども、あれが現実だった可能性があるかと思うと……。

ロズリンは頬を真っ赤にして、うつむいた。

夢だと思っていたにしろ、どうして昨夜はあんなことを許してしまったのだろう。キスでさえ、昨日、初めて経験したというのに。

でも、彼のキスは素敵だった。彼に触れられると、鼓動が速くなり、身体が蕩けるようになってきて、自分では制御できなかった。

「ロズリンの歌は最高でしょう？」

ルイーズはダリウスの腕に手をかけて、ぶら下がろうとしていた。

「ああ、そうだな。……最高だ」

彼の深みのある声に、ロズリンはゾクッとした。自分がそんな反応をしてしまうのは、やはり昨夜のことがあるからだ。あのとき、彼の声は聞かなかった。ただ、耳元で吐息を聞いたが。

ああ、ダメ。あれは夢よ！　絶対、そうなのよ！

ロズリンは無理やりにでもそう思うことにした。そうでもなければ、恥ずかしすぎて、彼とはもう顔を合わせられない。今すぐ、城を出ていきたい衝動に陥《おちい》るが、そんなことはできないのだ。

とにかく、しばらくの間、自分は双子の世話係を務めることになっている。それは、王の命令でもあった。フィニッツ一座がこの国を去るときまで、自分はここにいるしかない。

ロズリンはなんとか顔を上げた。けれども、彼の青い瞳がじっと自分を見つめていることに気がつき、慌てて視線を逸らした。

「お、おはようございます、ダリウス王子様」

とにかく挨拶はしなくてはならないと思い、なんとか声を振り絞り、頭を下げた。

「おはよう、ロズリン。おまえの歌声が小鳥のさえずりのように聞こえてきた」

「小鳥……？」

自分の声がそんなふうにたとえられたのは、初めて聞いた。

ふと目が合い、ロズリンはまた動揺する。自分が挙動不審《きょどうふしん》な態度を取っているのは判っている。こんなふうに視線を逸らしてばかりいたら、ルーカスもルイーズもおかしく思うことだろう。

「わ、わたしが得意なのは、歌だけだから……」

ルーカスがまるで慰《なぐさ》めるように、ロズリンの手に自分の手を滑り込ませてきた。

「そんなことないよ。ロズリンはとてもいい人だよ。僕、すぐに判ったよ」

「まあ……ありがとう」

『いい人』というのは褒め言葉なのだろうと思い、ロズリンは礼を言った。少なくとも、ルーカスはそういうつもりで言ったらしい。確かに、歌以外のことは今ひとつでも、『悪い人』より『いい人』のほうが数倍いいだろう。

「さあ、あなた達、身支度が済んだら、朝食でしょう？　えーと、これから朝食の間に移動するのよね？」

朝食の間の場所はまだ覚えていなかった。リンリーに教えてもらったのだが、城の間取りが、複雑すぎて判らないのだ。とりあえず、自分の部屋から双子の部屋への行き方だけは、ちゃんと覚えているが。

「ロズリンも一緒に食べようよ」

「えっ……それはちょっと……どうかと思うわ」

一応、自分は世話係という役目を負っている。客人のように、彼らと食事を共にするわけにはいかなかった。

「大丈夫。僕達がそう望めば、叶うんだよ。ね、兄様！」

ルーカスの言葉に、ダリウスは頷いた。

「だが、もちろん正当な望みだけだ。勉強をしたくないだとか、逃げ出して遊びたいだとか、そんな望みは叶えられない」

「判ってるって。僕達だって、いつもそんなにさぼってばかりじゃないんだよ」

ルーカスは抗議したが、ダリウスは信用していないようだった。けれども、双子に手を焼くからこそ、自分が世話係としてここに滞在することになったのだ。彼らが並大抵ないたずらっ子でないことは、確かだろう。

ダリウスは咳払いをして、ロズリンに手を差し伸べてきた。

「え……？」

「朝食の間に行こう。おまえはこの子達の世話係になったが、普通の立場とは違う」

「でも、わたしなんかが……」

「構わない。私が許す」

そんなふうに言われて、胸がときめいた。だが、勘違いしてはいけない。彼らと自分は対等なんかではない。身分も育ちも違う。彼らが少し優しくしてくれるからといって、図に乗ってはいけないのだ。

ロズリンは頷いた。

「ありがとうございます」

ダリウスの手を取らなかったロズリンだが、彼のほうがロズリンの手を取った。うつむいていた視線を上げる。すると、彼の青い瞳が自分をじっと見つめていた。

最初ほど鋭い眼差しではない。しかし、胸のうちまで見透かすような視線に、ロズリンはどうしたらいいか判らなくなってしまった。

わたし……ダリウスのことが好きなのかもしれない。

でも、好きになっても、この関係は発展しない。悲しく別れを告げるしかないのだ。たとえ、どんなことになったとしても。

ダリウスは手を離して、ロズリンに背を向けた。

「さあ、行くぞ」

「はい……」

ロズリンは左右からルーカスとルイーズに手を握られる。三人はダリウスの背中を追うようにして、城の中を歩いていった。

「ロズリン、ダリウス兄様のことをどう思う？」

ルーカスに尋ねられて、ロズリンは頬を赤らめた。

「ど、どうって……。とても大人だと思うわ……」

ルイーズがクスッと笑う。

「ロズリンが兄様のことをどう思っているのか、あたし、判るわ」

「な、何を言ってるの？」

「僕だって判るよ。僕達、そういうことがすぐ判っちゃうんだよ」

二人の子供に、自分はからかわれているのかもしれない。そうだ。彼らはウサギの耳が生える特殊な子供達かもしれないが、子供は子供だ。大人ではない。

「いい加減にしなさい、二人とも。わたしは別にダリウス王子のことなんて、なんとも思ってないわ」

小声で喋っていたのに、ダリウスがちらりと振り返って、嘲るような眼差しを向けてきた。彼もロズリンがどう思っているのか、判るというのだろうか。

昨夜のことをまた思い出してしまい、ロズリンは動揺する。

もう……いやっ。

ロズリンはなるべく彼と一緒にいたくなかった。早くこの城を去ってしまいたい。そうすれば、彼への気持ちに悩まされることはなくなるはずだった。


ダリウスはロズリンが朝食を摂《と》っているのを眺めていた。

朝食の間で、彼女はとても緊張しているようだった。その理由は判っている。ひとつは、自分達王族とテーブルを囲むことになったこと。そして、昨夜のことが原因だろう。

昨夜……自分はしてはいけないことをしてしまった。

彼女の部屋に忍び込むなんて……。

だが、昨夜は満月だった。特に、理性がなくなる夜だったのだ。どうにか自分を抑えようとしたのだが、どうしても抑えきれずに獣に変身してしまった。

自分達王族は、感情的になったり、あまりにも欲望が堪《こら》えられなくなると、獣になることがあった。みんながこんな因子を持っているわけではない。それに、因子を持っていても、それが強く表面に出る者と、弱くしか出ない者がいる。

ダリウスの場合、とても強く出てしまうのだ。双子のように、耳が生えるくらいなら、大した害はない。だが、ダリウスは完全に獣となってしまう。そして、獣に変身すれば、獣のような身体能力も持てるようになる。しかし、悲しいことに、獣並みの理性しか持てなくなるのだ。

いや、正確には、昨夜ほど理性が崩壊したことはなかった。

ロズリン……。

彼女の声にはまさに魔力がある。本人は気づいていないし、普通の人間にとっては、いい声をしているというくらいだろう。しかし、自分達、獣化する人間は、彼女の声を聴くだけで、陶然としてしまう。

とはいえ、彼女は広場で歌う歌姫なのだから、双子が父にロズリンのことを話して、その声を聴きたい気持ちにさせなかったら、きっと再会することはなかっただろう。

しかも、父は双子の世話係として、彼女を抜擢《ばってき》してしまった。城の中に彼女がいると判っていて、理性を保つことはできなかった。彼女は声がいいだけではない。歌も自分達の耳にはとても心地よく聞こえる。

そして、この黄金のような長い髪も、宝石のような緑の瞳も、恥ずかしがって頬を染める様もとてもいい。ほっそりとした身体なのに、胸はとても柔らかで豊かだった。

今も、彼女が食事している姿を見ていると、身体の中で何かが燃え盛ってくるような気がした。昨夜はどうしても我慢ができずに、彼女の部屋に忍び込み、好きなだけ味わってしまった。

けれども、もちろん、最後まではできない。キスもしたことがなかったというのだから、間違いなくまだ純潔な乙女だ。それを奪うほど、理性を失くしていたわけではなかったのだ。

本当は、彼女を抱きたかった。彼女の中に我が身を沈めて、吐息交じりの甘い声を聞きたかった。

爽やかな朝だというのに、自分はとんでもないことを考えている。だが、彼女が口を開ける度に、唇や舌が目に入ってしまう。それだけで欲情してしまう自分は、どうかしているのかもしれないと思うくらいだ。

結局のところ、ロズリンは特別なのだ……！

最初、彼女を見たときから、忌避《きひ》すべき人物だということは判っていた。自分は世継ぎの王子だ。旅一座の歌姫など相手にしてはならない。婚約者は今のところいないが、自分が結婚すべき相手は判っている。

同盟を結ぶ国の王女だ。他にはいない。

ロズリンは無垢な乙女だ。いくら、特別な声を持つ特別な乙女であっても、やはり自分には彼女を抱く権利はない。彼女を傷つけると判っていて、そんなことはできなかった。

そう。いかに、理性を失くしていようとも。

朝食室の間、すぐ下の弟であるアーサーがやってきて、食事をしているロズリンを見て、目を丸くした。

「歌姫じゃないか。……ロズリンだっけ？」

ロズリンは顔を赤くした。ダリウスはそれを見て、ムッとする。自分以外の男に、こうして顔を赤らめてはいけない。もちろん、そんなことを強制する権利は自分にないのだが、彼女がアーサーに笑顔を向けるのを見ると、やはりなんとなく気分が悪い。

「あの……おはようございます。わたし、お邪魔じゃないといいんですけど」

「全然邪魔なんかじゃないよ」

アーサーはにこにこしながら、近くの席に座った。彼の年齢は二十四歳だ。自分よりずっと、ロズリンの年齢に近い。それに、彼は政略結婚しなければならないわけではない。自分より気楽なものだ。

もちろん、それでも、王子が歌姫と結婚するわけにはいかないだろうが。

「君の歌声、すごくよかったよ。感動したんだ」

「え……そうですか！」

アーサーは女性を口説くのが得意だ。だから、大げさに感動したと言っているが、本音は自分と大差ない。あの声が、自分達にとっては、猫にとってのマタタビのようなものなのだ。

だが、ロズリンがアーサーの口からでまかせの褒め言葉を信じているのが気に食わない。その男は注意すべき人物なのだ。自分以上に理性が脆《もろ》い男なのだから。特に、女性に対しては。

ダリウスは咳払いをした。

「アーサー……さっさと食べてしまえ。今日は剣の稽古《けいこ》をつけてやる」

「え……別に今日はそういう気分じゃないんだけど。それにダリウスも父上の補佐で忙しいんじゃ……」

「つべこべ言うな」

アーサーは肩をすくめて、運ばれてきた食事に手をつけ始めた。そうするうちに、今度はその下の弟であるクレメントがやってきた。彼は二十一歳。つまり、アーサーより更にロズリンに近い年齢だ。

「ああ、歌姫じゃないか」

クレメントは年齢以上に落ち着いていて、賢く、冷静だ。おしゃれに気を配るアーサーとは違って、彼はきちんとした服装をしている。彼の理性が暴走することはなさそうだが、ダリウスはクレメントがめずらしく優しく微笑むのを見て、危機感を募らせた。

ロズリンは恥じらいながら挨拶をする。

「おはようございます。あの、わたし、ロズリンと申します」

「ロズリンか。いい名前だ。歌声もいい。双子が君を手放したがらないのも判るよ」

ロズリンにはその意味が判るはずもないが、褒められたと解釈して、また顔を赤らめた。

「ありがとうございます！　歌を褒められると何より嬉しいです！」

彼女は自分が得意なものが歌だけだと思っているからだろう。だが、彼女にはたくさん長所が隠されているようだ。その穏やかで優しい性格が、ダリウスの胸にはぐっとくる。

「クレメント……。おまえにも剣の稽古をつけてやろう」

「……ダリウス兄さん、僕はあまり剣を振り回すのが得意じゃないんだ。剣の稽古はアーサーに任せるから」

「いいから、喋ってないで、早く食べてしまえ」

クレメントはちらりとロズリンのほうを見て、それからダリウスに視線を戻した。そして、困ったように溜息をつく。

「僕はアーサーとは違うから、心配しなくてもいいよ」

クレメントには見抜かれていたようだが、それほど自分の言動は判りやすかっただろうか。もっとも、当のロズリンはまったく気づいていないようだったが。

彼女はデザートをとてもおいしそうに食べている。クリームを口に入れては、幸せだという顔をしている。そんな顔をこの部屋にいる全員に見せているのかと思うと、ダリウスは気になって仕方がなかった。

「ロズリン、やはりおまえは、明日から他の女官と一緒に食べたほうがいい」

思わずそう口にすると、ロズリンはたちまち暗い顔になった。そんなつもりはなかったが、自分達と彼女の身分差を強調しているように聞こえたのかもしれない。まるで、彼女は召使いのようなものだから、王族と同じ部屋で食事をするのは間違いだというふうに。

いや、だが、それが真実ではないだろうか。誰かが彼女にきちんと線引きをしてやらなくてはならないのだ。

しかし、彼女の落胆した顔に、ダリウスは心を痛めた。ついさっきまで、彼女は幸せな気分に浸っていたというのに。

しかも、双子は元よりアーサーやクレメントからも、非難の眼差しで見られている。

「ダリウス兄様ったら、ひどいことを言うのね」

妹のセラフィーナもダリウスの言葉を聞いていたらしく、ルイーズの隣に腰かけながら言った。セラフィーナはロズリンと同じ十八歳だ。

ロズリンは部屋の雰囲気が変わったのに気づいたのか、わざと明るく笑ってみせた。

「いいえ、わたしがいけないんです。ダリウス王子がそうおっしゃるのは、当たり前のことだし。わたしがこんなところにいちゃいけないんですもの」

ロズリンの笑顔は痛々しかった。ダリウスは彼女を傷つけたのかと思うと、居ても立ってもいられない気分になった。

「そんなことないよ、ロズリン」

ルーカスが勇敢にもロズリンを慰めにかかる。

「だいたい、ロズリンを誘ったのは、ダリウス兄様だもん。普通の立場とは違うから、ダリウス兄様が許すって言ったのに！」

ルーカスの暴露に、ロズリン以外の全員の非難の視線がダリウスに集まる。

「まあ、呆れたわ、ダリウス兄様。言っておくけど、わたし達みんな、ロズリンの声を聴きながら、食事をしたいのよ。ルーカスもルイーズもおとなしくしているのは、彼女がいるからでしょ?」

確かに、ルーカスもルイーズも今まで食事の時間でさえも、おとなしくしていなかった。大なり小なり、何かしら食事中には問題が起きていたのだ。だが、今朝はそうではなかった。間違いなく、ロズリンのおかげなのだ。彼らはロズリンを気に入るあまり、彼女に嫌われたくない一心で、手を煩《わずら》わせないようにしているのだ。

そこまで、自分達兄弟を魅了するロズリンに、正直、怖さもある。彼女の声は獣の耳を持つ王族すべてに、影響を与える力があるのだ。そういう意味では、彼女は危険人物とさえ言える。

「ロズリンは……私達に影響を与えすぎると思わないか？」

ダリウスは部屋を見回した。クレメントが静かに口を開く。

「それはそうだが、ロズリンに責任があるわけじゃないと思う」

「もちろんそうだ。だが……彼女には別室で食事をしてもらったほうがいい。なんなら、ルーカスとルイーズの三人で……」

ロズリンは泣きそうな顔をしていたが、それを聞いて、少し気持ちを落ち着かせたようだった。

「わたしの食事のマナーが悪いせいじゃなかったのね？」

ダリウスはまさか彼女がそんなことを考えているとは思わず、驚いてしまった。

「いや……。正直、そんなことには気づかなかった」

自分が見ていたのは、彼女の口元だけだ。赤い舌が覗く度に、不埒なことを考えていたのだ。マナーなど、知ったことではない。

セラフィーナは肩をすくめて、果物を口に放り込んだ。彼女だって、王女だが、マナーがいいとは言いがたい。

「ロズリン、わたしは気にしないわよ。ここで食べればいいじゃないの。ルーカスとルイーズをおとなしくさせてくれるなら、わたしが許すわ」

「セラフィーナ……！」

「ダリウス兄様が嫌なら、兄様だけ別室で食べればいいのよ。わたしはロズリンの味方よ。彼女の声はわたし達の癒《い》やしじゃないの」

セラフィーナはにんまりと笑った。

なんだか嫌な予感がする。ロズリン自身は気がついていないだろうが、自分以外の弟妹は全員、彼女が城を出て、旅一座に戻ることを許さないだろう。こんな声の持ち主をみすみす逃しはしない。ダリウスは思っていたより厄介なことになりそうだと、やっと気がついた。

ロズリンがずっと城にいたとしたら……。

私は耐えられない。いや、私の理性が耐えられないだろう。

きっと、彼女を自分のものにしたくなる。結婚などできるはずもないのに。自分はきっと彼女を傷つけるだけだ。

それが判っているのに、ロズリンをこの城に縛りつけることはできなかった。

ダリウスはいきなり席を立った。そして、無言で朝食の間を出ていく。

もちろん、ロズリンを置いて出ていきたくはないのだ。何より、自分の弟であるアーサーやクレメントがロズリンに話しかけるのかと思うと、気が気ではない。

彼女を誰にも渡したくない。しかし、自分のものにもできない。

ダリウスはつらくてたまらなかった。


夜になった。ロズリンはまたダリウスが窓から忍んでくるのではないかと、心配だった。

あれが夢なのか、現実なのか、今も判らない。

ただ、ダリウスは朝食のときから自分を避けているようで、彼がいきなり席を立って以来、彼の顔は見なかった。

ダリウスも忙しいのだから、そんなに会うわけではないのだが。彼は将来のために王の政務の補佐をしているようで、今では王の仕事をほとんど肩代わりできるくらいになっているらしい。

そういう情報は、彼の弟妹がみんな教えてくれた。彼らはダリウスとは違って、自分のことを認めてくれているようだった。旅一座の歌姫だということで、見下したりしていない。身分が違っていても、普通に話してくれるのだ。

だが、ダリウスは違う。どこか、他の弟妹達とは違う。彼は世継ぎの王子で、将来、王となる身だから、考え方が違うのかもしれない。

わたしは彼に微笑みかけられたりしたいのに……。

最初の頃ほど、睨みつけたりはしないが、それでも、彼はよそよそしい。やはり、自分との間に距離を置いているのだ。

キスまでしたのに……。

昨夜のことが夢でなければ、もっと親密な行為もしたというのに。

ダリウスのことを考えるのをやめなければならない。いくら考えても同じことだ。彼が優しくしてくれたところで、自分はそれほど長くはここにいないのだし、この城を出たら、もう二度と会うことはないだろう。

そして、思い出の中に、彼は消えていくのだ。

今まで旅先で出会った多くの人達と同じだ。彼とのキスも、きっといい思い出になるのだろう。

それでも、ロズリンは夜着に着替えた後、窓辺へと近寄った。カーテンを開いて、外を見る。今夜は窓を開けない。だから、獣なんか入ってくることはない。

獣……。

そうだわ。ダリウスは本当に獣になるのかしら。

双子はそう言った。彼らの頭についていたウサギのような耳も見たし、触ってもみた。

あれが、本物の耳だったことは間違いない。

でも、完全に獣になるなんて信じられない。

ロズリンはふと息苦しくなった。ダリウスのことばかり考えたせいかもしれない。気がつくと、ロズリンは窓を開いていた。

冷たい空気が室内に入ってくる。

今夜は窓を開けたまま寝てはいけない。それは判っている。

それとも、わたしは待っているの？　この窓から獣が忍び込んでくることを。そして、ダリウスの姿になって、昨夜の続きをしてくれることを……？

ロズリンは自分の気持ちがよく判らなかった。今夜は満月ではないが、月は明々《あかあか》と夜空を照らしている。

風がそよぎ、蠟燭の火が消えてしまった。ロズリンははっとして振り返り、再び火を灯そうと、燭台を置いてあるテーブルに近づいた。

空気を切るような音がして、次に何かが床に着地したような小さな音がした。ロズリンは何かの気配を感じて、恐る恐る窓のほうを見る。

そこには、大きな獣の姿があった。

ロズリンの鼓動は速くなる。

狼のように見える。けれども、とても大きな狼だった。

「……王子？　ダリウス王子なの？」

ロズリンは掠れた声で呼びかけた。

どれくらい時間が経ったのだろう。ロズリンはずっと獣と対峙《たいじ》していた。やがて、獣の姿が変わっていく。

ロズリンは目を瞠《みは》った。その姿は見慣れた人間のものへと変化していった。

ダリウス……！

ロズリンの頭は痺れたように何も考えられなくなっていた。目の前で起こったことさえ、信じられない。

彼は何も身に着けていない状態で、そこに立っていた。長い髪がまるで生き物のように広がっている。

「本当のことだったのね？　王族が獣になるって……」

「その話、どこで聞いた？」

「一座の一員がこの国の誰かから聞いたおとぎ話のことよ。魔女に呪いをかけられたんだって。でも、本当の話だったんだわ。それに……双子の頭にウサギの耳が生えているのを見て……教えてくれたの。あなたは狼になるんだって」

ダリウスはふっと笑った。

「そうだな。まさしく狼だ。若い娘の部屋に侵入するなんて、悪い狼にしかできないことだ」

「でも、どうして……？　呪いなんて信じられない」

彼は頭を振り、こちらに近づいてきた。月明かりの差し込む窓辺から、奥のほうの暗がりに入ろうとしているようだった。

彼は……全裸なのよ。

ロズリンはどうしていいか判らず、身の危険を感じて、もっと奥のほうへと下がった。しかし、部屋はそれほど広くはない。気がつけば、ロズリンのすぐ後ろには寝台があった。

「呪いが本当にあったかどうかなんて、今となってははっきりしない。ただ、事実なのは、王族にはこうして獣化する血が流れているということだけだ」

ダリウスはもうロズリンの目の前にいる。動悸が止まらなかった。呼吸まで苦しくなってきたような気がする。

「どうやって……獣になるの？」

「自分でなろうと思って、なるときもある。だが、大概の場合は、感情的になって、理性がその激しい感情を抑えられなくなったときだ」

こんな静かな夜に、彼は激情を感じていたのだろうか。そして、こうして自分の許に現れたのだ。

「どうして……わたしのところに？」

「おまえが憎いからだ！」

まさか、そんなふうに言われるとは思わなかった。ロズリンは思わず後ろに下がろうとして、寝台につまずいて腰を下ろしてしまう。彼は屈んで、ロズリンの頬に手を当て、ゆっくりと撫でた。

ロズリンは胸の中が苦しくなった気がして、目を閉じた。

「こんなふうに、私の心を動揺させるおまえが憎い……」

「ど、動揺……？」

「ああ。おまえを抱きたくて……たまらなくて……欲望と戦わなくてはならなかった。だが、理性が負けてしまった。私は獣になり、本能と感情と……それから欲望に従って、この部屋にやってきてしまった」

ロズリンは更に強く目を閉じた。昨夜のことを思い出したからだ。何も判らず、獣に襲われたのだ。そして、その獣が人間へと変わってしまった。

「昨夜みたいに……？」

「ああ、昨夜……みたいに」

ダリウスは唇を指でなぞった。背筋がゾクゾクしてくる。寒いわけではない。ただ、彼と過ごした夜のことを思い出して、また同じことを繰り返したくなってきたのだ。

わたしに触れて……。

わたしにキスして。

ロズリンの頭の中にその欲求が浮かんできて、もうどうしようもなかった。今更、制御もできない。ただ、あるがままに突き進むしかなかった。

「おまえが……どうしても欲しいんだ……！」

ダリウスに絞り出すような声で言われた。ロズリンはゾクッとした。自分も彼が欲しい。その行為の全貌は、まだ知らなかったが、とにかく彼が欲しくて仕方がなかった。

彼はロズリンの両肩を押すようにして、覆いかぶさってくる。ロズリンはそのまま後ろに倒れ、寝台に身を沈める。

彼の顔がとても近くにあった。薄闇の中、はっきりとは見えなくても、息が触れ合うほど近くに彼の顔があると思っただけで、ロズリンの身体は熱く蕩けていった。

だって……。

わたしはダリウスのことが好きなんだもの。

昨夜、おぼろげだった気持ちが、今夜はより強くなっている。彼の言動に振り回され、彼の表情ひとつにも気持ちが左右される。そして、彼と触れ合う度に、自分でもよく判らない感情が込み上げてくるのだ。

これが……好きって気持ちじゃないの？

異性に抱く好意。

ロズリンが初めて経験したものだ。他の誰にも、今までこんな感情を抱いたことはなかった。顔を見るだけで、声を聞くだけで、これほど胸の中が浮き立つような気持ちになったことはなかった。

そして、身体がこれほど熱くなったこともない。

「ロズリン……私の名を呼んでくれ」

彼の掠れた声に、ドキンとする。

「ダ、ダリウス……」

自分の声が何かを求めるような切迫したものに聞こえる。ダリウスもそう思ったのだろう。すぐさま、唇を重ねてきた。

彼と唇が触れ合った瞬間、これが自分の求めていたものだということに気づいた。今夜、どうして窓を開けてしまったかというと、彼にキスしてもらいたかったからだ。

身体がじんと痺れてくる。唇と舌が触れ合い、互いを求め合うように動いていく。ロズリンも昨夜のように、受け身のままではいなかった。

だって、彼のキスが恋しかったから。

今日はずっとこうしたかった。昨夜のキスやその他のことを考えていたのだ。

ロズリンは夢中でキスを返し、彼の身体をまさぐった。彼の滑らかな肌を撫でて、うっとりする。そこに、乙女の慎みはなかったが、ロズリンはそれでもいいと思った。

今、知りたいのは、彼のことだ。彼のすべてなのだ。

ダリウスは唇を離すと、ロズリンの頭を抱き、頬擦りをしてきた。彼の愛情みたいなものを感じて、ドキッとする。

愛情なんて深いものを期待してはいけないわ。

彼にだって、もちろん感情はあるはずだ。なんらかの気持ちがなければ、こんなことはしないだろうと思う。しかし、ここで彼に抱かれても、その先があると希望を抱いてはいけない。

彼とは身分が違う。彼は王子だ。一時、我を忘れて抱かれても、それだけを信じてはいけない。

もちろん、信じたい気持ちはあるけど……。

ダリウスはロズリンに頬擦りをして、呟いた。

「おまえは私の獣の姿を見たというのに……。どうして、こんなに無防備でいられるのだ?」

「あの姿も……とても美しかったわ……」

馬鹿馬鹿しい答えかもしれない。けれども、ロズリンはそう思ったのだ。堂々としていて、風格があった。そして、均整の取れた体軀《たいく》はとても美しいもので、彼があのままの姿であっても、こうして彼の身体に触れただろうと思う。

ロズリンは彼の背中に掌《てのひら》を滑らせてみる。

そんなふうに彼に触れれば触れるほど、何か熱い感情が込み上げてくる。衝動と言ってもいいかもしれない。とにかく、そういったものだ。

昨夜のように、身体に触れられたい。甘いキスで蕩けさせてもらいたい。そして、肌を重ねたい。

彼は全裸だ。何も隠してはいない。だが、自分は夜着を着たままだった。

「ロズリン……動くな。おまえが動くと……抑えられなくなる。おまえを奪ってしまいそうになる」

彼はまだ自分を抑えようとしているのだ……！

ロズリンは衝撃を受けた。

感情が迸《ほとばし》り、獣になって忍び込んできたというのに、それでも抑えてくれようとしている。その理由がなんなのか、ロズリンにも判った。無垢な自分というものを、彼は汚したくないのだろう。

わたしだって、こんなに彼を求めているというのに！

彼の自制心や理性をありがたいと思いながらも、ロズリンは物足りなかった。このまま我慢できるとは思えない。せめて、昨夜のように、裸で抱き締められたかった。

彼の手や指や……唇を身体の隅々にまで感じたかった。

「頼む。ロズリン……おまえの手に撫でられると、おかしくなりそうなんだ」

「でも……でも……止まらないの。あなたに触れたくて……」

彼の身体の下で、自分の身体をくねらせた。

何もされていないのに、ロズリンは昨夜のように身体に熱い奔流《ほんりゅう》のようなものを感じていた。ただ、こうして抱き締められているだけで、ロズリンはそれこそおかしくなりそうだった。

「ああ……私は……もう耐えられない！」

ダリウスはガバッと起き上がると、ロズリンが身に着けていた夜着を乱暴に取り去った。薄闇の中で、自分の裸身が晒《さら》される。彼はじっと見つめながら、胸のふくらみにそっと触れた。

「あっ……」

身体がビクンと揺れる。

「おまえの肌がピンク色に染まっている。……恥ずかしいのか？」

「そんな……見えるはずがないわ。だって……」

「いや、私の目には見える。暗闇の中でもはっきりと」

彼は常人とは違うんだわ……！

ロズリンは慌てて胸を覆おうとした。だが、ダリウスはふっと笑って、その手を退けた。

「今更遅い。おまえの身体のことは隅々まで知っている」

「あ……やだ」

ロズリンは昨夜のことを思い出して、全身が赤く染まる思いがした。彼はロズリンの両脚を広げて、その中央にキスまでしたのだ。乙女の秘密の部分も、彼はしっかりと見たに違いない。

「わ、わたしにはよく見えないのに……」

「そのほうが好都合だろう？　はっきり見えていたら、おまえはこんなことを許しはしなかったかもしれない」

彼は乳房の先端を口に含んだ。敏感な部分が舌で嬲《なぶ》られている。確かに、自分の目でしっかり見えていたとしたら、今よりもっと恥ずかしかったに違いない。けれども、見えていたとしても、自分は誘惑に屈したような気がする。

何故だか判らない。だが、彼を求める心は、理屈で制御できるものではなかった。

彼に触れたい。触れられたい。キスしたい。キスされたい。そんな強烈な欲望は、ロズリンの全身を蝕《むしば》んでしまっている。

もう……ここから逃げられないわ。

ロズリンは彼の舌が乳首を嬲る度に、ビクビクと身体を震わせている。

「あっ……ぁっ……あん……」

こんな声を出すのは恥ずかしくて仕方がない。しかし、声が抑えられない。同時に、身体の反応も止められなかった。

「なんて……おまえは敏感なんだろう」

ダリウスは顔を上げて呟くと、今度は反対側の乳房を刺激してきた。

同じように、ロズリンはまた甘い声を上げている。我慢なんかできない。自分の中ではもう、一線を越えてしまっていた。このままやめるなんて言われても、抑えが利かない状態になっていた。

もっとも、ダリウスのほうも同じだろう。彼は夢中で胸のふくらみにむしゃぶりついていた。

まるで、なんの余裕もないように見える。彼はこういう行為をするのは初めてではないだろう。けれども、こんなに余裕を失くすほど、自分に対して欲望を抱いているのだと思うと、これがたとえ身体だけの関係であったとしても、嬉しかった。

もちろん、彼がわたしを愛してくれるなら、もっといいけど。

ちらりと頭を過った考えを打ち消した。今、そんなことを考えて、なんになるだろう。考えるだけ無駄なことだ。

今はただ、ダリウスが与えてくれるものに、集中したかった。他のことなんてどうでもいい。

彼の唇、舌、それから掌、指。……いいえ、彼のすべてが、わたしを感じさせてくれている。

ロズリンは彼の愛撫に溺れていた。いけないことだと知りながらも、やめられない。やめてほしいなんて、絶対に言えない
彼はさんざん胸の蕾《つぼみ》を弄《いじ》って、舐めて、むしゃぶりついた後、名残惜しそうにもう一度そこにキスをした。ロズリンはまたビクンと身体を震わせた。しかし、彼の唇が胸から離れて、その下へと移動していくと、急に彼の目が暗いところでもよく見えるらしいことを思い出して、身をよじる。

言われたとおり、今更遅いことはよく判っていても、彼の目には自分の痴態《ちたい》が何もかも見えているのだと思うと、恥ずかしくなってきたのだ。

彼はロズリンの腰を抱き、臍《へそ》の周囲を舐めた。それから、腰にキスをして、太腿を開いていく。

「あ……見ないで。そんなに見たら……」

ダリウスはクスッと笑った。

「おまえの花弁が蜜《みつ》でぐっしょり濡れているのが見える」

「そんな……。濡れてるって……」

「自分で判らないのか？　ここが……蕩けているのが……」

彼は指でそこをなぞった。すると、何かがとろりと溢れてくる。ロズリンは上掛けをかぶって、そこを隠したい衝動に襲われた。だが、隠れたところで、同じことだ。すでに昨夜、彼には見られているのだから。

「私に触れてほしくて、震えているな」

「ち、違うわ……」

「違う？　嘘をつくな」

ゆっくりと指で何度もそこをなぞられて、ロズリンはもどかしくなってくる。昨夜はそこにキスをされ、彼の舌が中まで入ってきた。あのときのことを思い出すと、今の彼の愛撫にはもどかしい思いがする。

もっと……もっと触って。

ロズリンは頭の中に浮かんだ言葉に、ドキッとする。彼の指摘どおりだ。自分は彼にもっとちゃんと触ってもらいたがっている。

「お……お願い……」

「なんだ？　ちゃんと言わないと、判らないな」

ロズリンは唇を噛んだ。彼は楽しそうにしている。ロズリンが何を考えているのか、何を求めているのか、本当はお見通しなのだ。そして、わざとロズリンに恥ずかしいことを言わせようとしている。

しかし、彼はロズリンが口に出して言わないと、求めていることをしてくれないような気がした。

震える口を無理やり開いた。

「さ……触ってほしいの……」

そうしてもらわなくては、我慢できない。身体が震えてきて、どうしようもないから。

「ここにか？」

彼の指先が内部に入ろうとしていて、ロズリンは大きく目を見開いた。

「わ、わたし……」

自分が淫らなことに足を踏み入れようとしているのではないかという恐れに、身を震わせた。

わたしはそうしてほしいの？

そこに指を入れられて構わないの？

ロズリンの躊躇《ためら》いを打ち破るかのように、彼は指先を徐々にそこに埋めていく。が、途中で引き返して、また元に戻る。それを繰り返されていると、ロズリンは物足りなくて仕方がなかった。

こんなに身体が熱く震えているというのに……。

この先に待っているものが怖い。けれども、躊躇していたら、きっと後悔する。彼と自分の間にあるものを大事にしなければ、もう二度とこんな経験はできないだろう。

「お願い……。して……」

ひそやかな声でねだると、彼の指がもっと奥まで入ってくる。根元まで挿入されたが、ロズリンはそれだけでは足りなかった。もどかしくてたまらなくて、腰が揺れる。自分は何を求めているのだろう。

昨夜の快感を思い出した。脳天にまで突き抜けるような激しいものだった。あれをもう一度、味わいたい。そう願わずにはいられなかった。

「ああ……もっと……もっとして」

身体をくねらせながら、ロズリンは彼にねだる。だが、自分だけが気持ちのいい思いをしているのではないかと、すぐに思い直した。

「わたし……あなたにできることはないかしら」

ダリウスは少し笑った。

「いや……。今はいい。私はおまえが私を求めて、乱れているところが見たいんだ」

そういうものなのだろうか。だが、彼の今の目的はそれであることは、よく判る。彼はロズリンの身も心もすべて自分のものにしようとしているように思えた。

「おまえは……ただ私の与えるものを感じていればいいんだ」

ダリウスは指を出し入れしながら、そっと唇を近づけた。

「あ…ぁっ……や……あぁっ」

敏感に感じる部分に舌が這わされている。彼はロズリンがそうしてほしいとひそかに思っていることを、すでに見抜いていたのだろう。指を内部に入れたままで、その部分を舐められていると、昨夜よりずっと感じてしまう。

身体中が熱い。彼にキスされているところが痺れてくるようだった。

これが……わたしの求めているもの？

ううん。そうじゃない。わたしはもっとこの先にある何かを求めていて……。

それがなんなのか判らない。しかし、単なる快感だけを求めているのでないことだけは判っていた。

それでも、こうして追いつめられると、次第にロズリンの脳裏にはこの快感を追求することしか浮かばなくなってくる。

身体の芯から熱い何かが噴き上げてくるような気がして、ぐっと力を入れる。ロズリンは背中をしならせながら、全身を突き上げてくる激しい快感の渦《うず》に呑《の》み込まれていった。

ギュッと閉じていた目を、ゆっくり開ける。ダリウスの顔が間近にあった。

ドキン。

薄闇の中で彼の顔を見ただけで、胸がキュンとなる。

好き……。大好き。

ダリウスへの気持ちが止められない。どんなに好きになっても、彼とはほんの一時だけ過ごすことしかできないというのに。

でも……今だけでいいの。彼とこうして裸で抱き合っているだけで……。

たった、それだけでも癒やされるのだから。

ダリウスはそっと唇を重ねた。

「……私を許してくれ」

彼は何を許せと言っているのだろう。これは、わたしも望んだことなのに。

「おまえを欲しいと思う気持ちに抗《あらが》えない私を……許してくれ」

ロズリンははっとした。まだ疼きが残る秘所に、硬いものが当たっている。それがなんなのか気づき、ロズリンはさっと緊張した。

男女の間に、こうして裸で抱き合うこと以外に何があるのか、ロズリンは正確に知っていたわけではない。けれども、何かがあることは知っていた。それは、乙女の知らない秘密の行為だ。

これが……そうなのね。

指を内部に挿入されて、もっとしてほしいと思ったことを思い出した。ロズリンに知識はなかったが、きっと本能的に彼を求めていたのだろう。

「力を抜くんだ。……そう、優しくするから……」

ロズリンは彼の声をぼんやり聞いていた。

痛い……。

でも、我慢できるわ。

これが純潔を失う行為であることを知りながら、ロズリンも抗うことはできなかった。彼にこうして抱かれることが、嬉しかった。自分の何もかもを彼が奪っていくことが、嬉しかったのだ。

わたしは彼にすべてを捧げるのよ……。

捧げた後に、何も残らないことが判っていても、どうしてもそうせずにはいられなかった。

彼とひとつになりたい。

無謀《むぼう》なのは判っている。結婚もしていないのに、こんなことをしてはいけないはずだ。

でも、どうしても……。

彼が望むなら、そうしたいのだ。そして、自分の身体もそれを求めていた。

ロズリンは痛みに耐えるために、目を強く閉じた。力を抜けと言われたが、上手くいかない。彼のものが自分の内部に入ってくるのが判る。

やがて、彼は己をすべて収めきった。

奥のほうまで、彼に満たされている。ロズリンは眩暈《めまい》のような感動を覚えた。

わたし……。

わたし、彼のことを愛してる。

ロズリンの胸の中は、彼への深い感情でいっぱいになっていた。自分にとっては、今、一番大事な人は、彼だった。彼だけが、ロズリンの心を揺さぶることができる。

そうよ。他の人に、こんな気持ちになったことは一度だってないんだもの。

「すまない……。痛かったか？」

彼が優しい言葉をかけてくれる。ロズリンは胸がいっぱいになって、彼に向かって両手を広げた。そして、その背中にしがみつく。

あなたを愛してる……！

でも、もちろん、そんなことは口に出して言えない。どんなに愛していても、これはわたしの片想いだから。彼に負担になるようなことはしたくない。

彼は王子様。わたしは旅一座の歌姫。二人がこうして巡り合ったことさえ、奇跡だったのに、これ以上のことを望んでも仕方ないわ。

彼がわたしを愛するはずがないのよ。

これは一時の関係なんだから。

それだけでもいいから、彼と抱き合いたいと思ったのは、ロズリンのほうだった。

ダリウスがゆっくりと動き始めた。

「あ……！」

指を出し入れされたときと似ている。しかし、それよりもっと大きな衝撃がロズリンを襲った。

彼のものが自分の内壁を擦《こす》っていく。それが気持ちよくて……。

それ以上に、奥まで突かれると、今まで感じたことのない快感を覚えた。

「あぁっ……あん…ぅ…あ……っ」

痛みは去り、気がつけば、自分には快感だけが残されていた。それも、驚くくらいの激しさで。

「わ…わたし……あっ…ん……」

上手く喋れない。奥まで貫かれる度に、身体が跳ねてしまう。こんなに激しく感じるものだとは、思いもしなかった。

「そこまで……感じるのか？」

これは異常なことなのだろうか。ダリウスは驚いているようだった。

「だ…って……。わたし……どうなってるの？」

「おまえの身体は本当に敏感にできているんだな……」

また彼のものが奥まで入ってくる。

「やぁっ…あ…ふぅ……ん……っ」

もう、訳が判らない。身体がじんじん痺れてしまって、自分でも制御ができなかった。

これは、敏感だというだけで、済ませられるものなのだろうか。

「いや、それとも……これは相性なのかもしれない……」

「あ…っ…相性……？」

「そうだ。……おまえと私……二人の身体の相性が……とてもいいということだ」

「あぁぁっ……」

ぐっと奥まで貫かれ、ロズリンは大きな声を上げた。

「わた…し……こんな……っ」

「いいんだ。いいんだ……ロズリン」

ダリウスは宥めるように、キスをしてきた。

彼がじっとしていても、身体の奥はまだじんじんと痺れている。こんなに感じるなんて、どこかおかしいのではないだろうか。それとも、彼の言うとおり、二人の身体の相性がいいだけなのか。

身体の相性がいいと言われても、それほど嬉しくはない。二人の関係は身体だけだと突き放されたような気がするからだ。たとえ、それが真実だとしても、ロズリンは認めたくなかった。

それよりは、二人の間になんらかの強い絆があるのだと思いたい。

だからこそ、これほど強く惹かれ合い、いけないことだと知りながらも、こうして抱き合っているのだと。

彼が再び動き始めると、ロズリンは上擦った声を上げた。

自分の反応が怖いくらいだった。彼の動くリズムがそのまま伝わってくる。再び、身体の中の炎が燃え上がろうとしていた。

「も……もうっ……あぁあっ……！」

奥までぐっと突き上げられて、炎が身体を貫いた。

ロズリンは彼にしがみつきながら、背中を反らす。彼も同じように身体を強張らせて、ロズリンをしっかりと抱き締めてきた。

二人の身体が今しっかりと結ばれたことを、ロズリンは確信した。彼もまた自分と同じときに同じ感覚を共有したのだ。

二人は繋がったまま、力を抜き、余韻に身を委ねた。鼓動や呼吸の乱れが治まるまで、じっと抱き合っていた。

ロズリンは彼の背中に手を這わせた。滑らかな肌が心地いい。いつまでだって、彼の身体に触れていたかった。

もちろん……そんなことは無理だけど。

ダリウスはやがて身体をそっと離した。

温もりが逃げていく。ロズリンはそれが悲しかった。

「……すまない。私は欲望に負けてしまった」

「いいえ……。わたしだって……欲しかったんだもの」

彼はふっと笑い、ロズリンの頬を優しく撫でる。

「私が欲しかったのか？」

「ええ……とても。何をするのか判らなかったけど……あなたにすべてを捧げたかったの」

それによって、自分にもたらされるのが、一時的な関係であったとしてもいい。いや、本当に欲しい関係はあるが、それを望んでも得られることはないだろう。二人の身分の違いがそうさせるのだ。

それでも、出会わなければよかったとは思わない。彼が獣になろうが、王子であろうが、ロズリンは彼を愛している。この気持ちを知り、彼に抱かれる喜びも知った。もう、今更、何も知らなかった頃には戻れないし、戻りたいとも思わない。

ダリウスはロズリンの傍らに横たわった。そして、こちらを向き、ロズリンの髪をそっと撫でる。彼の顔ははっきりとは見えないが、彼の目にはロズリンの顔がしっかり見えるのだろう。

わたしは、どんな顔をしているかしら。

きっと満ち足りた顔をしているのだろう。少なくとも、今はそんな気持ちだ。痛みはあったが、純潔を捧げ、彼と身体を重ねた。

後悔なんて……しない。

ええ、しませんとも。だって、わたしはとても幸せだもの。

「おまえを手放したくない……」

ダリウスはそう囁《ささや》いて、ロズリンの髪に口づけをした。

第三章　後ろから貫かれて

翌日の午後、ロズリンは中庭でぼんやりとしていた。

そこに設《しつら》えられた椅子に腰かけ、きちんと手入れされている花々に目をやる。だが、心の中では、昨夜のことを考えていた。

幸せだ……と、あのときは思った。

しかし、幸福感は長くは続かなかった。ダリウスが再び獣になり、窓から去っていった途端に、ロズリンの胸に忍び寄ってきたのは、やはり後悔だった。

後悔なんてしないと思ったのに……。

彼の腕の中にいたときは、確かにそう思えた。自分がすべてを彼に捧げたのは、間違いではなかったと思えたのだ。

でも……。

一人になったとき、ロズリンは自分の手から何かがすり抜けていったことに気づいた。

わたしがダリウスと朝まで眠ることは絶対にない。この城にいるのも一時の間だけのことだが、その短い期間でさえ、彼と同じ寝台で眠ることはないだろう。そして、これから一生、それは続くのだ。

これからずっと、寝台で目を閉じるとき、わたしは一人きりで……。彼が去っていったこの夜のことを思い出すのかもしれない。そう考えたとき、今まで想像もしていなかった悲しみが胸に広がった。

それは、彼に抱かれていたときに感じた幸せな気持ちを上回っていた。

身分違いの恋……。

そんなことは最初から判っていた。ダリウスはロズリンの声を魔力があるように言ったが、ロズリンに言わせれば、彼のほうに魔力があるのではないかと思ってしまう。それくらい、彼の印象は強烈だった。

彼は好きになってはいけない人だった。それでも、気持ちは止められなかった。情熱も止められなかった。欲望もまた……。

結局、わたしは負けてしまったのよ。

彼と出会わなければよかった。せめて、彼が獣になる能力を持たなければよかった。そうしたら、彼が窓から侵入してくることはなかっただろう。獣であるがゆえに、彼は常人にはない身体能力を持っている。だから、窓から現れることができたのだ。

そして、わたしは彼を拒《こば》むことができなかった……！

だが、今更、後悔しても遅い。遅すぎる。

昨夜、ロズリンは彼にキスされた瞬間から、すべてを捧げることしか考えられなくなった。他の選択肢がなかったと言ってもいい。ロズリンの身体と心は暴走し、彼もまたそれを止められなかった。二人はそうなるべくして結ばれたのだ。

そこまで彼と惹かれ合っているというのに、運命は残酷だ。彼と添い遂げられないことが判っていて、それでも求めてしまった自分が哀《あわ》れでならない。

風が吹き、金色の髪がなびいていく。ロズリンは椅子から立ち上がったものの、どこに行くあてもない。今、双子達は家庭教師に勉強を教わっている時間で、ロズリンがすることは何もなかった。出しゃばって、他の仕事をしている誰かの邪魔はしたくないし、かといって、何もせずに部屋の中でじっとしているのは、もっと嫌だった。

何故なら、部屋にいれば、昨夜のことをもっと思い出さずにはいられないからだ。とはいえ、中庭にいて、美しい花々を目にしても、頭の中はダリウスのことだらけだった。

こんな時間は苦手だった。そもそも、幼いときから働いていて、いつも忙しく過ごしていたロズリンには、暇《ひま》な時間など存在しなかった。だから、こうして何もしなくていい時間など急に与えられても、どうしたらいいのか判らない。

暇を持て余す時間などないほうがいいのだ。だいたい、何もすることがないから、余計なことを考えてしまうのだ。

いっそ、歌の練習でもしようか。しかし、城の中庭で歌っていいのかどうか判らなかった。

双子のように、自分の歌をあんなに喜んでくれる人もいる。だが、歌を嫌う人もいるのは確かだった。ロズリンを雇っていた老婦人は、歌などなんの得にもならないと言い切り、ロズリンが無意識に鼻歌など歌っていれば、懇々と説教される羽目になった。

だからこそ、フィニッツ一座と知り合い、歌を褒められたとき、嬉しかったのだ。老婦人が亡くなった後、フィニッツ一座に加わらないかと言ってもらえて、すぐに一緒に行くと返事をしたのは、行き場がなかったこともあるが、歌を褒めてもらえて嬉しかったからだ。

そして、自由に歌えることが楽しくて仕方がなかったから……。

わたしの取り柄は、やっぱり歌だけなのよ。褒められるのは歌や声だけなんだから。

ロズリンは溜息をつき、中庭から別の場所に移動しようとした。もちろん、どこにも行き場所はないのだが。

そのとき、後ろから声をかけられた。

「ロズリン……」

はっとして振り向く。そこにはダリウスがいた。手に何か持っている。平たい箱で、手紙や書類などを収めるものではないだろうか。

「はい……なんでしょう」

ロズリンは逸《はや》る心を抑えて、なるべく落ち着いた声を出した。

彼と顔を合わせれば、どうしたって昨夜のことを思い出してしまう。肌を合わせ、身体を重ねた。余すところなく、二人で互いを貪ったことが頭に甦《よみがえ》ってくる。平気でいられるわけがなかった。

彼も同じように感じているのだろうか。それとも、夜が明けたら、すっかり忘れてしまったのか。ダリウスの眼差しからは、気持ちが読み取れなかった。

だが、会えただけでも嬉しかった。ロズリンは愛しい王子の顔を見つめた。彼の顔にはなんの表情も浮かんでいない。昨夜の情熱の名残を見つけることはできなかった。

「今、時間はあるか？」

「はい、あの……ルーカス様とルイーズ様はお勉強の時間なので……」

「ああ、判っている」

彼は尊大な態度で頷いた。が、すぐに顔をしかめた。

「あいつらなんか、呼び捨てでちょうどいい」

「そ、そういうわけにはいきません」

自分の立場をわきまえなくては。自分は臨時の世話係だ。彼ら王族と対等な人間だと思ってはいけない。もっとも、双子があまりに可愛くて、ついつい呼び捨てにしてしまうときもあるが。

「そうだな。人目があるところでは仕方がないか」

それなら、人目がない場所でなら、ダリウスに馴れ馴れしくしてもいいということだろうか。そう考えてみて、ロズリンは否定した。

寝台で抱き合ったからといって、馴れ馴れしくしていいわけではない。そのけじめはつけなくてはならないのだ。たとえ、彼の名前を呼び捨てにしていいと言われていても。

ダリウスはロズリンに箱を差し出した。ロズリンは訳も判らず、それを受け取る。

「暇なら、私の仕事を手伝え」

「え……わたし、無理です」

彼の仕事は王の補佐だ。政務に関わることだという。そんな大変な仕事を、自分のような無学の人間が手伝えるわけがなかった。

「わたしの取り柄は歌だけですから」

「読み書きはできると聞いた。計算も」

彼には言ってなかったはずだが、双子から聞いたのだろうか。双子はどのくらい、彼にロズリンのことを話したのだろう。

「で、でも……」

「それで充分だ。ついてこい」

ダリウスは背を向け、さっさと歩いていく。ロザリンは箱を持たされたこともあって、その後ろからついていくしかなかった。

彼は重たそうな扉を開けると、中に入っていく。そこは、彼専用の執務室のようだった。豪華な設えの部屋で、素晴らしい調度品の数々が目に入る。彼が磨《みが》き上げられた大きな机につくと、すでに王位を継いだかのような風格があった。

「あの……」

「おまえは私の秘密を知った」

いきなりそう言われて、ロズリンは一瞬なんのことかと思った。きっと、獣に変身することを言っているのだろう。昨夜、二人が結ばれたことも秘密だが、それを『知った』とは表現しないはずだ。

「ええ……。でも、口外したりしません」

そんなことを触れ回るように思われていたとしたら、ショックだった。自分はそれほど信用ならないように見えるのだろうか。

「もちろん、そうだろう。だが、用心するに越したことはない。だから、おまえをなるべく私の傍に置いておくことにする」

ロズリンは彼の出した結論に、あっけに取られた。そんなことを言い出されるとは、予想もしていなかったからだ。

「わたしは双子の世話があるし……」

「もちろん、あいつらの世話は最優先だ。その他の時間は私の手伝いをしてくれ」

「で、でも……」

「この城にいる間だけのことだ」

そう言われて、ロズリンは胸にかすかな痛みを感じた。

どのみち、自分がこの城にいられる時間はそれほど長くはない。昨夜のことがあった後で、彼の傍で仕事をするのはつらいが、かといって、彼に会えないのもつらい。

そうよ。どうせ、この城にいる間だけのことなんだから……。

なんだか、彼に対する自分の気持ちを逆手に取られたような気がした。それに、口外しないと信じてもらえないことにも、傷ついていた。

それでも、ロズリンは自分の答えがひとつしかないことを知っていた。彼には逆らえない。彼が王子でなかったとしても、彼への愛がそうさせるのだ。

別れるまでの間、彼を心に刻みつけておこう。この城を出てから先は、その面影しか自分は抱くことができないのだから。

「……判りました。あなたのために働きます」

ダリウスはその唇に笑みを浮かべた。しかし、優しい印象にはならない。何故だか、それがとてもよそよそしく見えて、ロズリンは困惑した。

彼の考えていることが、まるで判らない。彼は自分と距離を置こうとしているようにも見える。それなら、どうして自分を傍に置くことに決めたのだろう。

彼は本気で、わたしが秘密をばらすと思っているのかしら?

そんなことはあり得ない。少しでもわたしのことを知っているなら、そんなことをするはずがないと判るでしょうに。

いや、彼はロズリンのことなど、何も知らないのだ。彼が知っているのは、ロズリンが旅一座の歌姫であることだけだろう。

「よし。では、そこに座れ」

ダリウスは立ち上がり、机の近くに置いてある椅子に座るように命令した。椅子の前には小さな書き物机が置いてある。その上にはインク壺《つぼ》に羽根ペン、ペーパーナイフが置いてある。

ロズリンがそこに座ると、箱を開けるように命令した。中には、手紙が入っている。

「それを一通ずつ開けて、読んでくれ」

封書を一通取って、ペーパーナイフで開ける。そして、便箋《びんせん》を取り出した。ロズリンは老婦人のために、何度もこういった作業をしたことがあったので、慣れていた。癖《くせ》のある文字を解読するのも、お手のものだった。

ロズリンはすらすらと手紙を読み始めた。

これは、地方の領主からの陳情書《ちんじょうしょ》のようなものだった。困ったことがあって、それを解決してほしいと、王に願い出ているのだ。

「読むのは上手だな。ただ、おまえの声が……」

「声が？　どうかしましたか？」

何かおかしな声になっていただろうか。ごく普通の声を出していただけだが。

「いや、なんでもない。読み上げるのに慣れているような気がするが？」

「わたし……前に老婦人のところで働いていたんです。彼女は目が悪かったから、細かい文字が見えなくて、わたしが代わりに手紙や本を読んであげていました」

思えば、そのためにロズリンに文字の読み書きを教え込んだのだ。目的はともかくとして、教えられたことは役に立っている。老婦人は厳しい人で、文句ばかり言い、要求の多い人でもあったが、やはり彼女に感謝することは多い。何も教えられなかったら、ロズリンは王子の手伝いもできなかっただろう。

彼とこうして同じ部屋で過ごすのは、とても落ち着かないが、それでも彼の役に立っていると思うと嬉しかった。

歌や声以外に、彼を感心させるものがあったということだ。

ロズリンは次々に封書を開封して、読んでいった。それから、彼はその手紙の返事を口述し、ロズリンはそれを代筆した。

最後に、彼はロズリンの書いた手紙に目を通した。

「綺麗な文字を書くのだな。綴《つづ》りも間違っていない」

「……ありがとうございます！」

文字が綺麗だと褒められたのは初めてだった。今まで誰からも、褒められたことはない。

老婦人はまあまあだと言ってくれたし、フィニッツ一座で文字を書く役目はすべて自分に回ってきたものの、特に褒められた覚えはなかった。どちらかというと、文字が書けて便利だというふうに思われていたような気がする。

ともかく、ロズリンは仕事をやり遂げて、ダリウスに自分という人間が少し認めてもらえたような気がした。

「これでおまえに手伝ってもらう仕事は終わりだが……」

彼は執務机に寄りかかって立ったまま、ロズリンを見下ろした。彼はロズリンが仕事をしている間、立ったままだった。文章を考えるときに少し歩き回ったりしたが、椅子には腰かけなかった。

「おまえは何歳から働いていたんだ？」

「七歳です。両親が火事で亡くなって……」

ダリウスは眉をひそめて、じっとロズリンを見つめてきた。

「面倒を見てくれる親戚はいなかったのか？」

「男の子のいない親戚に、弟は引き取ってもらえました。跡継ぎが欲しいから。でも、わたしはなんの役にも立たないから……」

「なんということだ！　たった七歳で放り出されたのか？」

　彼はカッとしたように言った。彼が自分のことを気遣ってくれたことは嬉しいが、親戚にだって言い分はあるだろう。

「みんなが親戚の子供を引き取れるほど裕福なわけではないんです。わたしは七歳だったけど、働かせてもらえて嬉しかった。住むところも食べるものもあったわけだし……。働くことは苦にならなかったから」

　泣いても、天国に旅立った両親が帰ってきてくれるわけではない。だから、自分はもう親に守られて生きていくことはできないと、老婦人に引き取られたときにそう思った。それから、老婦人に気に入られようと、必死だった。彼女に追い出されたら、行くところがなく、野たれ死にするしかないと判っていたからだ。

「そうか……。おまえはただ楽しげに歌って暮らしていたわけではないんだな」

　しみじみと言われて、ロズリンはクスッと笑った。

「わたし、小鳥か何かではないわ」

　彼の眼差しが柔らかくなった。

「そうだな……。私の腕の中では何度も啼《な》いたが」

　ロズリンは昨夜のことを思い出して、頬を赤らめた。ふと、彼と二人きりでいることを、急に意識し始めてしまう。

まだ明るい昼間だというのに……。

わたしの身体はなんて恥知らずなんだろう。

彼はゆっくり近づいてきた。それに気づいて、胸の鼓動が速くなる。

「何を思い出している？」

「あ、あなたと同じことかも……」

「それは困ったな。私はおまえを貫いたときの感覚を思い出しているというのに」

ロズリンは真っ赤になって、うつむいた。だが、彼の手で顎を上げられる。

彼の顔を間近に見て、ロズリンは何も言えなくなった。ただ、彼の淫《みだ》らな眼差しに見蕩れてしまう。

彼はロズリンを立ち上がらせて、自分のほうに引き寄せた。ロズリンは操り人形のように、彼のなすがままだった。

だって……抗えないんだもの。

彼はロズリンに唇を重ねた。しかし、昨夜のように飢《う》えたキスはしてこない。ロズリンを懐柔するようなささやかなキスだった。舌で唇をなぞっていくだけで、口の中にまでは侵入させてこない。

それでも、ロズリンの身体は刺激されて、震え出した。それこそ、昼間なのに、王子の執務室なのに、彼のキスに応えたりしたら、このままここで抱かれてしまうことになる。

ダメ……。ダメよ。時間も場所も不適切よ。

それなら、いつどこでならいいのだろう。彼がまた夜中に狼の姿で忍び込んできてくれることを待つのだろうか。

ロズリンは彼にまた抱かれたいのかどうかも、よく判らなかった。こんなことを続けてはいけないと思う一方で、昨夜のことが最後だったらと思うと、居ても立ってもいられなくなる。

こんなにも惹きつけられる人なのに、本当はこんなふうに抱き合ったり、キスをしたりしてはいけない相手なのだ。

ダリウスはそっと唇を離した。そして、ロズリンの唇を今度は指でなぞる。

「あまりにも可愛い唇で、我慢ができなかった」

「……ダリウス……」

どう言っていいか判らない。こんなことはダメだと拒絶すべきだと思う。けれども、拒絶したところで、ダリウスは自分のしたいようにするだろう。それに抗えないのは、もう判っている。

「わ、わたし……そろそろ用事が……」

「嘘だ。双子の勉強の時間はまだ終わっていない」

「でも、あ、あなたに、ここで抱かれるわけには……」

ダリウスはクスッと笑った。

「ここで抱くなんて言ってない」

ロズリンはぱっと頬を染めた。先走りしすぎたのだ。確かに、彼はそこまで切羽詰まってもいないようだ。

「決めた……」

ダリウスはロズリンの耳元で囁いた。

「な、何を?」

「おまえは双子の世話以外の時間、ずっと私の世話をするんだ」

「えっ……でも、そんなこと……できるわけがないわ」

「どうして、できないと思うんだ?」

ロズリンは困惑して、彼の顔を見つめた。彼はじっとロズリンの目を見つめている。彼の青い瞳を見つめ返しているうちに、ロズリンは自分が彼との間に距離を置こうとしても、無駄なのだということが判ってきた。

彼の眼差しは揺らぎないものだからだ。何かを決めたとき、彼は滅多にその決心を翻《ひるがえ》したりしないのだろう。

「あなたの世話を今までしていた人達はどうなるの？　わたしが今やった仕事も、本来は誰かがしているはずよ。わたし、他の人の仕事を奪いたくないの」

「どうせ一時的なことだ」

彼の言葉に、ロズリンは傷つけられた。

そうだ。双子の世話係でさえ、一時的なことだ。長くこの城にいるわけではないのだから、ダリウスはその間だけロズリンの身体を堪能《たんのう》したいのだろう。

ロズリンは胸が締めつけられるような苦しみを覚えた。こんなに愛していなければ、こんなに苦しまずに済むのに。しかし、感情は自分で制御できるものではない。

好きなものは好き。嫌いなものは嫌い。そして、愛する気持ちは止められないのだ。

「今夜……双子が寝たら、私の部屋に来るんだ」

「わたし、あなたの部屋なんてどこにあるのか知らない……」

ダリウスはロズリンのその言葉を返事と捉えたのか、柔らかく微笑んだ。彼がそんな表情を自分に向けてくれることはめずらしい。ロズリンは思わず見蕩れてしまった。

「それなら、これから案内しよう」

魅力的な彼の笑顔に、ロズリンは抵抗できなかった。

ダリウスの部屋は、双子の部屋とはずいぶん離れていた。

世継ぎの王子だからだろうか。城とは繋がっているが、独立した棟に住まいを持っていた。しかし、彼はそこで大勢の召使いにかしずかれているわけではなかった。

衛兵はもちろんたくさんいるが、彼に仕える召使いは少なく、主に身の回りの世話や掃除などの仕事をしている。だから、これからロズリンが可能な限り傍にいて、彼の世話をするのだと聞いた召使い達は、一体どう思ったことだろう。

ロズリンは恥ずかしくて仕方がなかった。そもそも、ロズリンの立場を、彼らはどう思っているのだろうか。旅一座の歌姫で、双子に気に入られ世話係になったかと思うと、今度は世継ぎの王子のお気に入りになり、ずっと傍に侍《はべ》らされるなんて、身分の高い人達に取り入るのが上手な女というふうに見られているのではないだろうか。

ダリウスはロズリンがそんな恐れを抱いていることなど、まるで理解していないようだった。きっと、どうでもいいのかもしれない。自分達の関係は一時的なものだと割り切っているくらいだからだ。

つまり、彼にとっては大切なのは、関係そのものではなく、単にロズリンの身体なのかもしれない。だから、ロズリン自身には大して興味などないし、執着することもないのだ。もちろん、そこに愛情などないに決まっている。

彼の部屋はロズリンの部屋のように一室ではなく、いくつもの部屋に分かれていた。ある程度の広さの棟が丸ごと彼のものだからだ。書斎もあり、居間もあり、応接間もある。だが、ダリウスは寝室にロズリンを連れてきた。

豪華な調度品や大きくて立派な寝台が目を引く。だが、絨毯もカーテンも素晴らしい織物で、壁には絵画がかけられていた。絨毯も敷かれていないロズリンの殺風景な部屋とはまるで違っていた。

もちろん、自分の立場は客人ではないし、召使いの部屋にしては、なかなかのものだ。それに、自分だけの個室をもらえて、とても嬉しかったことを思い出す。

そうよ。わたしは王族とは違うんだから。

歌姫と呼ばれていても、名もない庶民だ。こんな生活を羨ましく思ってはいけない。自分が惨《みじ》めになるだけだ。

愛する人との身分の差を余計に感じてしまうから……。

だが、いつまでもそんなことを考えていたところで、どうしようもない。自分はまだこの城を出ていけないし、双子の世話をするように王に命令されている。そして、新たな仕事がこの王子によって言いつけられたのだ。

今、自分にできることをしなくては。彼に心を傷つけられないようにするしかない。

もう遅いかもしれないけど……。

「ロズリン……！」

背後からいきなり抱きすくめられて、ロズリンは身体を強張らせた。

「ま、まだ昼間よ……っ。こんな不埒な真似は……」

「おまえと寝室で二人きりになっただけで、私は……」

彼の声に苦悩の響きを感じ取って、ロズリンははっとする。同時に、自分を抱く彼の手の甲に、黒い毛がびっしりと生えているのが見えた。つい先ほどまでは普通の人間の手だったのに、今、彼は獣に変身しかかっているのだ。

「ど、どうして？　そんなに感情を乱すことがあるの？」

彼の顔面も獣に変身しかかっているのかと思うと、恐ろしかった。彼が普通の人間ではないことは判っているつもりだったが、実際、月明かりの中ではなく、こんな昼の光の中で、変身するとは思わなかったからだ。

「おまえが欲しくてならない……。どうして、こんなにおまえに執着してしまうのか……自分でも判らない。おまえのような無垢な生娘《きむすめ》を誘惑して、手に入れて……それでもまだ足りずに手を出そうとしている。私は見下げ果てた奴だ……」

ロズリンは目を見開いた。

彼は自らを嫌悪しているのだわ……！

そう思った途端、ロズリンは彼の獣化しつつある手も愛しく感じてきた。そこに、そっと自分の掌を重ねる。

彼が驚いたように身を強張らせた。

「何をする……！」

「いいの。わたしは……いいのよ」

ダリウスを受け入れる。それしか選択肢はなかった。それが、彼のためになることだ。

自分は束の間しかここにいられないが、それでも、彼のために彼の言いなりになろう。

それは、自分自身を殺すことだけど。

ダリウスのためなら我慢できる。何故なら、彼を愛しているから。欲望と理性の狭間《はざま》で苦しむ彼を、愛しく思ってしまったから。

すべて、彼の望むままに。生贄《いけにえ》のように、すべてを捧げてしまおう。

気がつくと、重ねていた手は元の手に戻っていた。ほっとしつつも、たとえ変身中であったとしても、もう彼を怖いとは思わなかった。

「ロズリン……」

彼はロズリンのうなじの辺りに自分の頬を擦りつけた。同時に、彼の手は胸をまさぐっていた。

ダリウスはわたしを抱きたいんだわ……。

そうせずにはいられないのだ。だが、その欲求は、ロズリンにもある。彼の気持ちは判るのだ。どうしようもなく、求めずにはいられない気持ちは。

ロズリンの白いエプロンが剝ぎ取られる。そして、紺色のドレスも、後ろから伸びてきた彼の手によって取り去られてしまう。

質素な下着を見られて、ロズリンは恥ずかしくなった。暗闇でも彼の目はよく見えるらしいので、下着はともかくとして、古びた夜着も見られている。だから、今更遅いのだが、やはり恥ずかしかった。

ダリウスはその下着でさえも、剝ぎ取っていく。

とうとう裸にされてしまった。寝室ではあるが、まだ明るい昼間だ。それなのに、こんな姿でここに立っていることが信じられなかった。

「おまえの肌が好きだ……」

彼はロズリンの首筋に唇を這わせた。背後から突き出された両手は、躊躇いなくロズリンの左右の乳房を包んでいる。

「あぁ…っ……あ…ん…」

声は出したくなかった。みんなが寝静まった夜中であれば、声を出していいというわけではなかったが、みんなが忙しく立ち働いているような時間に、こんな淫らな行為をしていることを、誰にも知られたくなかったのだ。

だから、大きな声は出せないが、それ故に吐息交じりの淫らな声となってしまっている。

彼が後ろから腰を押しつけてくるから、硬いものが当たっている感触がある。昨夜、彼のものがどんなふうに中に入ってきたかを思い出して、ふと気がつくと、自分の腰も揺れていた。

恥ずかしいのに……。とても恥ずかしいのに、我慢できなくなってくる。

彼が欲しい。こんな中途半端な愛撫ではなくて、自分のすべてを貪ってほしかった。

「あ……ダリウスぅ……っ」

ねだるような声になってしまっている。彼はその声に込められた願いを聞き取ったのか、さっと抱き上げ、寝台へと連れていった。

彼は上着だけを脱ぎ捨て、ロズリンに襲いかかってきた。両手で胸を揉みしだきながら、その頂に吸いついてくる。ロズリンはまるで彼に自分からそこを差し出すように、ぐっと

背中を反らした。

胸だけの愛撫で、こんなに感じている自分が信じられない。彼に弄られる前は、ここがこんなに気持ちよくなるとはまったく知らなかった。

いや、それを言うなら、キスだってしたことなどなかったのだ。一から十まで彼に教わっている。何も知らない自分を、彼はこんなに変えてしまっていた。

彼は胸を口で愛撫しながら、脚の間に手を差し込んできた。秘裂に指を挿入されて、腰がビクンと揺れる。

「はぁ…ん…ふっ……っ」

指を抜き差しされつつ、同時に敏感な部分にも触れられて、ロズリンは身体をガクガクと震わせるしかなかった。

あまりにも強すぎる快感に、どうにかなりそうだった。だが、絶頂を迎える前に、彼は唐突に愛撫をやめてしまった。

「そんな……ぁっ」

ロズリンは得られなかった絶頂が恋しくて、涙をはらはらと零《こぼ》した。身体が熱くてたまらないのに、自分ではどうすることもできないのだ。

「ダリウス……お願い……お願いっ」

こんなふうに焦《じ》らされるのはつらくてならない。しかし、ダリウスは続きをしてくれず、ロズリンの身体を横向きにすると、後ろから身体を重ねてきた。

「えっ……」

衣擦《きぬず》れの音が聞こえる。彼が何をしているのか判らず、ロズリンは戸惑った。身体は一刻も早く彼に抱かれたがっているのに、なかなか抱いてくれないからだ。焦れている、片方の脚を抱え上げられ、そのまま彼のものに後ろから貫かれた。

「あぁっ……！」

こんなふうに後ろからされることがあるなんて、知らなかった。前からされるときの感覚とはまた違う。彼が動く度に、ロズリンは腰を揺らした。

彼は脚を抱え上げた手を滑らせて、敏感な珠に触れてきた。

「やぁっ…あっ……あぁっ…っ」

彼のものが内壁を擦っていき、奥へと突き当たる。そこに当たる度に、ロズリンは声を上げていた。

声を我慢することもできない。身体の反応はもう止められなかった。

ただ、翻弄《ほんろう》されていくだけだった。やがて、ロズリンは激しい快感の渦に巻き込まれていき、ぐっと身体に力を入れた。

「あぁぁぁー……っ！」

全身を熱いものが突き抜けていく。彼もまたロズリンを奥まで突き上げた後、身体を震わせた。

快感の余韻が長引き、身体が震えた。ロズリンはいつの間にか閉じていた目を開いた。気持ちいいところを、余すところなく責められた気がする。気持ちよすぎて、すべての力を使い果たしたようで、ぐったりして動けなかった。

ダリウスが身体を離し、ロズリンの身体を自分のほうに向けた。

彼の青い瞳が細められ、なんだか愛しげに見つめられているような気がした。それだけで、ロズリンの胸の中に温かいものが染み渡る。

彼はそのままロズリンを抱き締めて、唇を合わせてくる。それは癒やすような優しい口づけで……。

ロズリンは彼の腕の中で、自分が再び蕩けていくのが判った。

「ああ……おまえを手放したくない……」

「ダリウス……」

口づけを交わす間にも、ダリウスは裸の腕や背中や髪に触れ、撫でてくれる。それがとても気持ちよくて……。

このままずっと彼の傍にいられたらいい。ロズリンこそ彼と離れたくなかった。

「わたしも……わたしもあなたと……」

無理だと判っていても、そう囁かずにはいられなかった。

「それなら……一緒にいてくれ。私の傍を離れるな。旅はやめて、この城にずっといるんだ」

ダリウスにそう言われて、ロズリンはドキンと胸が高鳴る。

ただの戯《たわむ》れではなく、本気で言っているのだろうかと、彼の目をじっと見つめた。彼は真剣な眼差しでロズリンを見つめ返してくる。

「わ、わたし……」

「旅一座が迎えにきたら、おまえはこの国を出ていってしまう。そんなことは……嫌だ。歌うなら、この城の中で歌え。私や双子達のために歌うんだ。そして、夜は……」

ロズリンの身体は震えた。

彼は夜になったら、この身体を抱くと言っているのだ。

自分は旅一座の歌姫ではなくなるが、この城ではきっと微妙な立場になるだろう。もちろん、おとぎ話のように、王子と結婚なんてできるはずもない。身分の差を埋めることはできないのだ。

この城に留まるとしたら、周囲からどのように見られることだろう。身持ちの悪い女、だろうか。結婚もしていないのに、王子に身体を捧げるなんて、上品な家庭に育った令《れい》嬢《じょう》なら、絶対にしないことだ。

でも……わたしはそうじゃない。

この城に来るまでは確かに純潔だった。しかし、もうそうではない。それなら、これからどうなろうと同じことではないだろうか。

旅一座の歌姫として、あちこちの国へ行くとしても、それからどうなるのだろう。誰かと出会って、結婚するかもしれない。だが、その相手はダリウスではないのだ。

わたしの獣じゃない……。

そう思ったとき、ロズリンの頭の中で何かが変わったような気がした。

彼と離れて生きるなんて、とてもできない。歌姫として、あちこちの市場で歌い、みんなの注目を集めたとしても、そんなことに喜びを見出すことはもうできそうになかった。

ダリウスと出会ってしまったから……。

彼はわたしにとって最高の男性で、運命の人なんだわ。たとえ、結ばれることはなくても、運命の人と離れて生きることはできないのよ。

それは、きっと『生きている』ことにはならないから。

死んだも同然の人間になるくらいなら、このままここにいたい。彼の傍で生きていきたい。たとえ、これから彼が花嫁を娶《めと》り、胸が潰《つぶ》れるような想いをしたとしても……。

それでもいいの。今だけの幸せであってもいいの。

ロズリンは涙を溜めて、彼の青い瞳を見つめた。

「わたし……ここにいたい。あなたの傍に……」

彼の瞳がきらめいた。今まで見たこともない幸せな表情をしていて、ロズリンの胸の中は熱くなる。

「ロズリン……。ありがとう」

彼に抱きすくめられて、唇を貪られる。

ロズリンは今度こそ後悔しないと、自分自身に誓った。

フィニッツ一座が迎えにきてくれたとき、ロズリンは城に残りたいと彼らに告げた。

もちろん、突然そんなことを言い出したロズリンに、彼らは驚いた。

「わたし、王子様に恋してしまったの……」

ロズリンは彼らに嘘はつかなかった。二人の関係について、多少ぼかしたところはあるものの、正直に話して、自分の苦しい胸のうちを打ち明けた。

彼らに嘘なんかつきたくない。どこにも行き場がないときに、彼らが自分を受け入れてくれた。ロズリンは彼らには本当に感謝している。あれから二年もずっと一緒に過ごした仲間達に、嘘をついて、別れを告げることはできなかった。

彼らに愛着もあるし、離れがたい気持ちもある。ただ、ダリウスとは離れられないのだ。離れたら死んでしまう。身体は生きていても、心は死んでしまうだろう。

だから、泣きながらフィニッツ一座とは別れることになった。彼らのほうもロズリンの気持ちを判ってくれたと思う。自分を娘のように思ってくれていたトールやレイニーは反対したが、それでも最後には折れてくれた。

「ロズリンが幸せになれるなら……」

そう言ってくれたが、きっとそうはならない。それが判っていても、ロズリンはダリウスの許に残ると決めてしまった。

あれから、ロズリンは双子の世話をする以外の時間を、ダリウスと共にした。昼間、双子が勉強をしている時間は執務室で手伝いをし、双子が眠った後には彼の身の回りの世話をしている。もっとも、寝台で付き添うのが、自分の一番大事な仕事ということになるかもしれない。

夜中には自分の部屋に戻るようにしているが、それでもつい彼と朝まで眠ってしまうこともある。だから、二人の関係はすでにみんなが知っていた。

もちろん、表立って、誰も非難はしない。王子のお気に入りだということで、逆にロズリンに擦り寄ってくる人もいた。それでも、陰で何を言われているかは判らない。そのことを考えると、つらくてならなかった。

これで、もし身ごもってしまったとしたら……。

怖くてならない。ダリウスは喜んでくれても、王や王妃はどう思うだろう。そして、他の王子や王女は……。双子も今は判らないかもしれないが、成長すれば、ロズリンがダリウスとどんな関係にあるのか判る日が来るだろう。

もっとも、その頃には、双子の世話など、ロズリンが務める必要もないだろう。ロズリンが世話係をすることになったのは、双子の悪戯がひどくて、言うことを聞かないからだったのだ。

じきに、もう悪戯なんかしなくなる。彼らは元々、頭はいいのだから、ちゃんと勉強をすれば、賢《かしこ》い少年少女に成長することだろう。

やがて、ロズリンがこの城を訪れて、一ヵ月ほどが経った。

双子が勉強する時間になり、ロズリンはダリウスの執務室に出向いた。ところが、彼は王に呼び出しを受けたのだという。

「ここで待っていてくれ。父の用事が何か知らないが、そんなに時間のかかることとは思えない」

ダリウスはそう言うと、ロズリンに軽くキスをした。そして、優しい目をして頰を撫でると、執務室を出ていった。

一人残されたロズリンは、急にしんとなった執務室の中を横切り、窓の外を見た。ここからは中庭が真正面に見える。ロズリンはダリウスの執務机に寄りかかり、椅子の背をそっと撫でた。

これは、彼が座る椅子……。

こんなものまで愛しく思う自分は、どれだけ彼を愛しているのだろう。

彼のすべてを愛している。時々、横暴になるが、優しいところもある。あの青い瞳も、漆黒の長い髪も……それから、たまに獣の姿になってしまうことも。

最近は彼もそれほど心を揺るがすことはないらしく、獣の姿になっていない。けれども、彼がそういうふうに変身することも受け入れられるし、嫌だとも思わなかった。

ロズリンはそっと目を閉じて、彼が狼の姿になったところを思い出す。月明かりの中に、黒い毛で覆われた巨大な狼の眼差しは、今思えば、彼と同じものだった。

どんな姿になろうとも、彼は変わらない。わたしも変わらずに、彼を愛することができる。

ロズリンはそっと目を開けて、執務室の隣の図書室に向かった。ここにはたくさんの書物が保管してある。ロズリンはダリウスから、好きな本をいつでも読んでいいと言われているのだ。

しばらく物色して、一冊の本を選んだ。そして、再び執務室に戻り、それを書き物机に広げて、読み始めた。

ふと、扉がノックされて、ロズリンは目を上げた。

ここに誰が来たのだろう。ロズリンがここにいるとき、誰かが訪れたことはない。ダリウスが誰も来ないように、側近に言いつけていたのかもしれない。ということは、今、この部屋を訪れた誰かは、ダリウスの命令でやってきたのかもしれなかった。

「はい……」

どうぞと入室を促す前に、扉は開く。そこには、城を守っている二人の衛兵の姿があった。ロズリンは少し奇妙に思った。衛兵が王子の執務室になんの用事があるのだろう。

「あの……ダリウス王子はここにはいらっしゃいませんが」

「そのダリウス王子から、あなた様を王様の許へお連れするようにと言いつけられまして」

「え……わたしを？」

「はい、王子様の緊急のご命令です。すぐに私といらしてください」

ダリウスはロズリンのことが耳に入った王に叱責《しっせき》されているのかもしれない。自分がそんな場に出向いても、なんの役にも立てそうにないが、ダリウスが来るように言っているなら、行くしかなかった。

「判りました」

ロズリンは彼らについていくことにした。

だが、廊下をしばらく歩いても、目的地に着かない。そもそも、二人の衛兵が歩いている方向は、城の裏手のほうだった。王がいるような謁見室《えっけんしつ》だの執務室だのとは、まったく違う方向へ向かっている。

「ねえ……一体、どこに向かっているのかしら？　王様はどちらにいらっしゃるの？」

「……大丈夫です。こちらのほうが近道ですから」

「でも……」

おかしい。近道だというなら、もう着いていなくてはならない。いくら城が大きくても、王は城の中心にいるはずだ。もちろん王が必ずしも城の裏手にいないとは限らないが、王子に用事があるときに、そんな場所に呼ぶだろうか。

なんだかおかしい。ロズリンは足を止めた。

すると、二人の衛兵は素早く顔を見合わせた。そして、一人がロズリンの腕を乱暴に摑んだ。

「何するの！」

手を振り切ろうとしたが、力が強くてできない。もう一人の衛兵がロズリンの身体を荷物のように抱え上げた。

ロズリンは鋭い悲鳴を上げる。

「やめて！　何をする気なのっ？」

「売女《ばいた》は売女らしく、おとなしく男に従えばいいんだよ！」

その言葉に、ロズリンはショックを受けた。

王子とそういった関係であることが、周囲の人に知られていることは判っていた。そして、きっと城中の噂になっているだろうことも。けれども、ロズリンは噂で傷つけられる自分の評価より、ダリウスとの関係を選んだのだ。

王子の愛妾《あいしょう》と呼ばれていることは知っている。でも、売女だなんて……！

わたしは何も売ってないわ！

自分がもらっているのは、双子の世話係としての報酬《ほうしゅう》だけだ。ダリウスからもらっているものは、もっと違うものだ。

キスや愛撫や抱擁《ほうよう》。それは、束の間の幸せかもしれないが、それでもいいと選んだものだ。

わたしは断じて売女なんかではないわ！

しかし、それを口にする間もなく、ロズリンは彼らによって、城の裏手にある小屋のようなところに押し込められてしまった。

そこは衛兵の仮眠所のようなところらしい。寝台がいくつも並んでいて、三人の男達がカードをして遊んでいた。そして、ロズリンを見ると、カードを放り出して、こちらに近づいてくる。

「この女か。別嬪《べっぴん》だな」

「そりゃあ、王子の愛妾だぜ」

男達は下品な笑いを顔に貼りつけている。ロズリンは床に下ろされたものの、腕は痣《あざ》ができるほど、しっかり摑まれている。

「あなた達、どういうつもりなのっ？」

男達は顔を見合わせて、大声で笑った。

「ここに娼婦《しょうふ》を連れ込むことは、黙認されているんだよ」

「わたしは娼婦じゃないわ！　放して！　こんなこと、許されるはずがないわよ！」

ロズリンはもがいたが、両側から腕を摑まれ、動けない。

「許されるんだよ。さるお方から、おまえを城から放り出せと言われているんだから」

さるお方……って、まさか王様？

まさかと思うが、ダリウスは王から呼び出されて、出ていったのだ。そして、この男達はそれを知っていたに違いない。

「王様がこんなことをしろと……？」

「いや、王の側近が……」

一人が口を滑らせたが、別の男に睨まれて口を噤《つぐ》む。王ではなく、王の側近が彼らに命令を下したにしろ、それは王の命令と同じことだ。王がロズリンを城から出せと言わなければ、側近が動くはずもないのだ。

意気消沈したロズリンの顎を、一人の男が摑んだ。

「まあ、放り出す前に、俺達もちょっと楽しませてもらおうかと思うんだが」

彼らはにやにやと笑っている。

そのために、わたしをここに連れてきたのね？

ロズリンは真っ青になった。相手は五人もいる。たとえ一人であったとしても、屈強な衛兵から容易に逃げられるものではないのだ。

「いやっ……いやよ！」

男の手が白いエプロンを引きちぎった。それはすぐ残骸《ざんがい》と化し、床に落ちた。すぐに、ドレスも……そして、ロズリン自身も同じ運命を辿るだろう。

「ダリウス！　いやあっ……ダリウス！」

ロズリンはあらん限りの悲鳴を上げた。

第四章　王子様のプロポーズ

ダリウスは謁見室で父と対峙していた。

謁見室は、本来、王が臣下と会う時に使う部屋だ。親子が話すときに使う部屋ではない。

しかも、父は高い位置に設えられた玉座に腰かけて、自分を見下ろしている。

王子といえども、王の臣下だと言われれば、確かにそうかもしれないが、今まで父がこんなふうに自分を呼びつけて、話そうとしたことは一度もなかった。

とはいえ、ここでは二人きりだ。本音を話せるだろう。

「旅一座の歌姫などを、双子の世話係にしたのは、間違いだったたな」

やはり、ロズリンのことだったか。ダリウスはそのことで叱責を受けることがあるだろうと予想していた。しかし、こんな早くだとは思わなかった。

「そうでしょうか。双子は彼女の言うことをよく聞いていますよ。彼女は優しく穏やかな性格で、双子を上手に扱っている」

「おまえのことも、上手に操っているらしいな」

ダリウスは鋭い視線を父親に向けた。

「私は彼女に操られているわけではありません。私が彼女を……」

「寝室に連れ込んだというわけか。一時の遊びならいい。だが、一座が迎えにきたとき、どうして彼女を帰さなかった？　そんなに長く一人の女に執着するのはよくない」

「どうしてですか？」

ダリウスは納得できなかった。ほんの一時、彼女を弄ぶことは、自分にはできなかった。そんな相手ではない。無垢な乙女だったのに、自分が純潔を奪ってしまった。そして、その彼女に夢中になったのだ。

だから、自分の愛妾にした。もっとも、彼女自身が自分を愛妾だと気づいているかどうかは判らないが。

彼女は表向きには、双子の世話係だ。もちろん、二人の関係はすでに城中の噂になっているだろう。彼女を傷つけたくなかったが、それでもどうしても彼女との関係を終わりにすることはできない。

これを執着と呼ぶのだろうか。それなら、それでも構わない。とにかく、ダリウスはいくら彼女を抱いても、まだ足りなかった。何度抱いても、また抱きたくなる。自分でもおかしいと判っている。他の女にはこれほど激しい欲望を感じたことはないからだ。

ロズリンだけが特別……。

結局、そういうことになるのだろう。

「私は他の女などより、ロズリンがいいんです。それのどこがいけないんですか？」

「ダリウス……。おまえは世継ぎの王子だ。そして、しかるべき花嫁を娶らなくてはならない」

「それは……判っています。王子の義務ですから」

渋々、そう答えると、父の顔に笑みが浮かんだ。

「それが判っているなら構わない。それでは、早速、隣国アトゥーヤの王女との縁談を進めることにしよう」

父の言葉を聞いて、ダリウスの顔色は変わった。

「縁談ですって？　父上、私はまだ結婚などしませんよ」

「だが、いつまでも独り身でいてはいけない。だから、身持ちの悪い歌姫などに夢中になってしまうのだ」

「ロズリンは身持ちが悪い女ではありません！　それに、アトゥーヤの王女はまだほんの少女だ。結婚するにしても、あと何年か先でいいではありませんか」

そうだ。自分はまだ結婚などしたくない。政略結婚に縛られたくないのだ。本当に結婚したいのは……。

ロズリンの顔がダリウスの頭に浮かんだ。

ああ……そうだ。花嫁にしたいのはロズリンだ。他の女など妻にしたくない。彼女なら完璧な花嫁になれるはずだ。気立てがよく、美しく、優しくて、素晴らしい声の持ち主だ。そして、自分にとても従順なのだ。

彼女を美しいドレスや宝石で着飾らせたら、どんなに綺麗になるだろうか。今のままでも綺麗だが、きっと今より何倍も……。

しかし、父はダリウスの頭に浮かんだ想像を打ち砕《くだ》いた。

「アトゥーヤの王女は十四歳になる。今のうちに婚約をしておいて、十五歳になったときに、この国に迎えるというのはどうだ？　まず華々しく婚約式を挙げなくてはな。まあ、その前に、あの女のことは始末をつけておいたほうがいい」

ダリウスはカッとなった。結局、父はロズリンと自分の仲を裂くつもりなのだ。

「私はロズリンと別れたりしません！」

「我儘《わがまま》を言うな。政略結婚は王子の義務だ。いや、王子だけではなく、王族の義務だと言ってもいい」

ダリウスは唇を歪《ゆが》めて笑った。

「その王族に、どんな秘密があってもですか？」

今度は父の顔色が変わった。彼は玉座から立ち上がった。

「それを口にしてはならん！」

「本当はすでに他国に秘密がばれているかもしれないのに？　特に、私の場合は深刻ですよ。私の正体を知れば、アトゥーヤの王女は気絶するかもしれない」

「もちろん……秘密を知られたら、アトゥーヤには帰らせられない。手紙も検閲《けんえつ》することになるだろう」

そこまでして、本当に他国の王女を娶らなくてはならないのだろうか。政略結婚は王子の義務だと、幼い頃から言い聞かせられてきて、それ以外の道はないと思い込んでいたが、本当にそうだろうか。

ダリウスが獣化すると、かなり恐ろしげな姿となる。花嫁と距離を置いて、獣の姿を隠したとしても、いつ秘密がばれないとも限らない。そんな危険を冒してまで、結婚することが必要だろうか。

いや、それよりも……。

獣の姿をすでに知っている相手と結婚すればいいのだ。

ダリウスはロズリンのことを考えた。彼女はあの狼の姿でいるのを見ても、失神などはしなかった。あの後、人間の姿に戻るところも、彼女は見た。その上で、自分を受け入れてくれたのだ。

怖がったりもしない。彼女にとって、自分が獣になることなど、どうでもいいのだろう。彼女が求めているのは……。

そう、私だけだ。

ダリウスはそんな確信があった。だからこそ、自分の願いに応えて、城に残ってくれた。なんの約束もない。どんなこともしてやれるわけでもないと判っているのに、一途にすべてを捧げてくれた。何かを求めたりもしない。

彼女はどんな女性より素晴らしく素直で従順で、可愛らしい。一生、彼女を傍に置いておきたい。いや、彼女の傍にいたいのは、自分のほうなのだ。

結局のところ、自分はロズリンを花嫁にしたい。他の女など欲しいと思わないのだから、それが正解だ。

「父上……私はロズリンと結婚することにしました」

「な、何を言い出すのだ！　そんなことは許されないぞ！」

「ロズリンは私の秘密を知っています。だが、それでも、私のことを一途に慕ってくれています。私は彼女のような花嫁が必要なんです」

「私は許さんからな！　あんなどこの馬の骨とも知れぬ女などと……！」

父が激怒するのも判る気がするが、それでも、結婚するのは自分なのだ。父は花嫁になった母と愛し合うことができ、子もたくさんもうけたが、そうなったのは偶然に過ぎない。たまたま、二人の相性がよかっただけなのだ。

私はすでに運命の女に出会ってしまったんだ……！

だから、ロズリンと結婚する。もう、他のことは考えられなかった。

「父上がアトゥーヤの王女のことを持ち出さなければ、結婚のことまで考えていなかったと思います。ですが、ロズリン以外の女を妻にすることを想像したら……」

「別にアトゥーヤの王女でなくてもいい。おまえの好みに合う姫や令嬢がどこかにいるだろう。とにかく、あの女だけはやめろ」

必死で止められれば止められるほど、ダリウスの反感は強くなってきた。父の考えが判らない。確かに旅一座の歌姫が将来の王妃になるなんて、普通はあり得ないことだ。しかし、ある意味、国民にとってとても夢のある話ではないだろうか。一介の歌姫が王子と結婚し、高い身分になるという話は。

「父上がなんと言おうと、私の決心は変わりません。もし結婚できなかったとしても、ロズリンと別れるつもりは……」

そのとき、ふとロズリンの悲鳴が聞こえたような気がして、口を噤んだ。

「……今、ロズリンの悲鳴が聞こえませんでしたか？」

王は眉をひそめた。

「悲鳴など聞こえぬ。おまえの空耳では……」

「私の聴力が普通とは違うのをご存知でしょう？　ロズリンの声だけは、城の中ならどこにいても聞こえてきて……」

ロズリンの声が心地よく聞こえるからという意味もあるが、特別に大事にしているからこそ、どこにいても彼女の声だけは聞き取れるのだ。喋っている内容までは判らずとも、声だけは……。

やはり、彼女の声だ。そして、彼女は悲鳴を上げている。

ダリウスはキッと父のほうを睨んだ。

自分はのこのことここにやってきたが、それは罠《わな》だったのかもしれない。父がそんな卑《ひ》劣《れつ》なことをするとは思えなかったが、それでも自分がここに呼び寄せられている間、ロズリンは誰かに連れていかれようとしていた。

「父上、私はこれで」

一方的に話を打ち切ると、ロズリンの声の方向へといきなり駆け出した。

父はあっけに取られた顔をしていた。しかし、今はそれどころではない。ロズリンの悲鳴を聞いたというのに、平然としていられるわけがない。

彼女を助けにいかなければ！

ダリウスはロズリンの声のする方向へと駆けていく。それと同時に、動揺する心を宥めた。

これ以上、動揺したら、抑えられなくなる。人前で獣に変身するわけにはいかないのだ。ここでは、自分は王子としての体面を保たなくてはならない。

だが、ロズリンが何度も自分の名を呼んでいる。助けを求めているのは間違いなかった。大丈夫だ。ロズリンは絶対に助けられる。

城の裏手に向かい、衛兵の休憩所が現れた。夜勤のためのもので、彼らは夜中に交替するので、この休憩所が仮眠のために使われるのだ。つまり、昼間は掃除をする下働きの人間くらいしか出入りしないはずだ。

私のロズリンがこんなところに連れ込まれている……！

いるのだ。

憤《いきどお》りを感じながらも、息を整え、扉を開こうとした。しかし、開かない。鍵がかかって
ダリウスは扉を乱暴に叩きながら、叫んだ。

「私は王子だ！　今すぐここを開けろ！」

だが、応答はない。ロズリンに乱暴を働こうとしている奴らは、そちらに夢中になって
いて、邪魔が入ったくらいにしか思っていないのかもしれない。

怒りや焦《あせ》りが身体中の血を沸騰《ふっとう》させそうになる。

いや、待て。獣に変身しても、何にもならない。

ダリウスは扉に体当たりをした。とにかく、この扉を開けて、ロズリンを救い出す。

ロズリンは私にだけ助けを求めている。私が助けてやらなくて、どうするのだ！

彼女の悲鳴と共に、男達の下卑《げび》た声が聞こえる。彼らにロズリンが穢《けが》されてなるものか！

「開けろ！　開けないと……おまえ達、まとめて牢に入れてやる！」

力強く当たると、鍵が壊れたのか、扉がいきなり開いた。

そこにいた男達は不機嫌そうな表情で振り返ったが、すぐに自分を王子だと気づいた数
人は顔色を変えた。

ロズリンは仮眠のための寝台に押しつけられていた。エプロンは破られて、残骸と化し

ている。そして、ドレスも胸元が破られていて、胸の先端まで見えそうになっていた。

「ロズリン！」

彼女は目を閉じて涙を零していたが、ダリウスの声にはっと目を開いた。

「ダリウス！」

彼女が助けを求めるように、手を伸ばした。

「なんだ、おまえは……」

王子だと気づかない男達がこちらに向かってくる。ダリウスは鬱憤《うっぷん》を晴らすように、容赦なく彼らを殴《なぐ》り倒した。

彼女を押さえつけていた男達の手が離れる。ロズリンは寝台から転がり落ちそうになりながら下りて、ダリウスの腕の中に飛び込んできた。

「ロズリン……ロズリン！」

ダリウスはしっかりと彼女の身体を抱き締めた。自分の身体に馴染んだ彼女の温もりを感じ、張りつめていた気持ちが少しほっとする。

自分は間に合ったのだ。彼女は傷つけられずに済んだ。

だが、ロズリンを襲った者達を許すわけにはいかなかった。自分が来るのが遅ければ、悲鳴を聞き取ることができなかったら、彼女はこの男達によって穢されていたに違いない。

「おまえ達……」

　急に怒りが込み上げてくる。だが、獣に変身する予兆《よちょう》を感じたロズリンが、すぐに止めてくれた。

「ダメ。あなたが怒ることはないの」

「しかし……」

そんな会話をしているとき、後ろから声をかけられた。

「ダリウス王子！　お急ぎになられていましたが、一体何があったのですか？」

振り向くと、衛兵隊長が息を切らしていた。他に、衛兵が何人もついてきている。恐らくダリウスが血相を変えて急いでいたので、何事かと思って、ついてきたのだろう。

そうだ。この男達の始末は獣に変身せずともできることだ。

ダリウスは息を吸い込み、彼らに命令した。

「この男達を捕らえろ。私の大事な女性を襲った罰だ」

衛兵隊長はすぐに配下に命令した。男達は捕まえられながらも、言い訳をしていた。

「俺達はヘルム様に命令されたことをしていただけだ！」

「そうだ！　俺達は何も……」

ヘルムとは宰相《さいしょう》で、王の第一の側近だ。つまり、実際に命令を下したのは父ということだろうか。

ダリウスは唇を噛んだ。

それほど、父はロズリンを嫌っているのだろうか。こんな精神が野獣のような男達に襲わせるほど。

「いかがしましょうか」

衛兵隊長がダリウスの機嫌を窺《うかが》うように尋ねた。

「ヘルムには私が話す。今はまず、そいつらを捕らえて、牢《ろう》に入れておけ。そのうちに処分を下す」

いっそ牢に入れたままにしてやってもいい。口には出さなかったが、ダリウスはそう思っていた。自分が助けに入らなければ、どうなっていたのかと思うと、まだ何もしてなかったというだけで、罪を許すことはできない。

もちろん、ヘルムに命令されていようと、同じことだ。

男達は捕まり、大声でわめき散らしている。その中に、ロズリンへの罵《のの》りもあった。ダリウスは思わず彼女を抱き寄せていた。

「……大丈夫か？」

衛兵隊長が男達を連れ去ってから、ダリウスはロズリンにそっと尋ねた。彼女の顔色は青かったが、今はもう泣いてない。

「わ、わたし……怖かった」

「そうだろう。さあ、私の部屋に行こう。何か飲めば、少し落ち着くはずだ」

ロズリンがこくんと頷く。そんな子供のような仕草を見て、ダリウスは彼女を不用意に一人にしてしまった自分を責めた。

彼女を守らなくてはならない。

まぎれもなく、ロズリンは自分の大事な女性なのだ。それも、どこの誰よりも大事に想っている。

ダリウスは今までこんな強い感情を抱いたことはなかった。誰かを守りたいという強烈な欲求に突き動かされたこともない。

私は……ロズリンを愛しているのか？

ロズリンの美しくも青ざめた顔を見つめ、ダリウスは戸惑っていた。


ロズリンはただ怖くてならなかった。

ダリウスの部屋に行く間も恐ろしくて、ただ彼にしがみついていた。破れたドレスの上からダリウスの上着を着せられて、彼にしがみつく自分はどんなふうに見えるだろう。だが、今はそれどころではなかった。

部屋に戻ると、ダリウスは召使いに温かい飲み物を持ってくるように命令した。そして、彼女の替えのドレスも。

胸元が破れてしまったドレスはもう着られない。直すことはできるが、少なくとも城の中ではとてもみすぼらしく見えてしまうだろう。この城では、下働きでも、こざっぱりとした服装をすることを要求される。女官ともなれば、みっともないドレスを着ていることはできない。

長椅子に座らされ、ダリウスが横からロズリンの髪を撫でてくれている。気持ちを宥めようとしてくれているのだ。しかし、ロズリンは泣くのを堪えるので精一杯だった。本来なら、自分がダリウスの世話をしなくてはならないのに、今は逆に彼の世話になってしまっている。

温かい飲み物が運ばれてきて、ロズリンはそれを口にした。すると、魔法のように心が落ち着いてくる。

「少し……落ち着いてきました」

囁くようにそう言うと、ダリウスはほっとしたようだった。

「よかった。……本当によかった」

その言葉には、落ち着いてきてよかったということもあるだろうが、間に合ってよかったという意味が含まれているように思えた。

「あの……ありがとうございました。助けにきてもらえなかったら、わたし……」

言葉に詰まる。彼らが何をしようとしていたか、判らないはずがない。しかし、口にすることはできなかった。彼らがどんなに残酷なことをしようとしていたかを考えると、恐ろしかったからだ。

「もういい。もう思い出したりするな。私はおまえを助けた。おまえは助かったんだ。もう、あんなことは絶対に起こらない。私が約束する」

彼の力強い慰めの言葉に、ロズリンは頷いた。

あんなことが絶対に起こらないとは、言い切れないような気がする。自分の立場は弱いものだ。身分の低い娘が王子に寵愛《ちょうあい》されている。それが気に食わないと思う人達はたくさんいるだろう。

「でも……どうして助けにこられたの？　わたしがどこにいるのか、どうして判ったのかしら」

「おまえの悲鳴が聞こえたから。おまえの声はどこにいても判る」

そういえば、彼ら王族は獣の耳を持っている。普通の人間には聞こえないような音も聞き分けられるのだろう。それに、彼はロズリンの声が好きなのだ。きっと、どんな声でも聞き取るわけではないだろう。自分の声だから聞こえたのだ。

そう思うと、やはり嬉しかった。彼にとって、自分だけが特別のように思えたからだ。

もちろん、それに何かの期待を抱いてはいけないと判っている。

ロズリンはあの男達に売女と呼ばれた。娼婦のようなものだと思われていたのだ。お金をもらっていたかどうかは関係なく、彼らにはそう見えるのだろう。薄々判っていたことだが、ロズリンにとってはショックだった。

周囲の目には気づかないふりをして、ただ彼の傍にいたい一心で、この城で暮らしていた。しかし、今になって、ロズリンは現実を突きつけられたような気がしていた。

そういえば、衛兵はヘルムという名の人から命令されたと言っていた。彼が王の側近なのだろうか。

「ヘルムって誰なんですか？」

ダリウスに尋ねると、彼は顔をしかめた。

「この国の宰相だ。王の第一の側近……」

「それなら、このことは王様の命令なの……？　王様はあなたに用事があるって……」

「そうだ。父はおまえのことを噂に聞いて、横やりを入れてきた。だが、心配するな」

「でも、王様の命令は絶対じゃないの？　王子のあなたでも……逆らうことはできないんじゃないかしら？」

よく判らないが、親子であっても、身分の高い者のほうの立場が強いのだ。この国の王族は親密な付き合いをしているようで、親子の絆も深いようだが、だからこそ、自分の息子が旅一座の歌姫などにうつつを抜かしていることを、容認できないのかもしれない。

わたしがいくら彼を愛しているといっても、それは王には関係ないことだ。身分の低い女をさっさと追い払いたいはずだ。

だから、ヘルムという側近は、衛兵を使って、ロズリンを排除しようとしたに違いない。王の命令かどうかは判らないが。

最初に会ったとき、王は優しい人のように思えた。しかし、大事なのは世継ぎの王子であり、自分の息子だ。ロズリンが息子を誑《たぶら》かしていると思えば、城の外に追いやってしまおうと考えてもおかしくはない。

追い払う前に、衛兵達がわたしを自分達の獲物にしようとしたことは、彼らの独断に過ぎなかったわけだし。

ダリウスはまっすぐにロズリンに目を向けてきた。

「王といえども、私のやりたくないことを承知させることはできないはずだ。私はちゃんと父に言った。おまえと結婚すると」

「け……結婚ですって？」

ロズリンは驚いて、彼の顔をじっと見つめた。彼は真剣な眼差しをしていて、冗談を言っているわけではなさそうだった。

でも……でも、信じられない！

王子様とわたしが結婚？

そんなことは絶対にないことなのだと、ずっと自分の心を戒《いまし》めてきたのに。

「何故驚く？　驚くようなことでもないだろう。私はおまえの純潔を奪った。こうして、いつまでもおまえの名誉を汚し続けていていいはずがない。私はおまえと結婚するべきだ」

彼は本気でそう思っているのかしら。まるで夢のよう……。

しかし、ロズリンは何かに引っかかった。

王子が自分のような身分の低い娘と結婚するなんてあり得ない。まして、純潔を奪ったという理由で。それこそ、この世の中ではもっとひどいことが平然と行われている。乙女にとって純潔は大事だが、世間で大事にされるのは、身分の高い乙女の純潔なのだ。決して、旅一座の歌姫ではない。もちろん、自分のような娘に、名誉というものが存在するとは思えなかった。

「どうした？　喜ばないのか？」

彼は眉をひそめている。きっと、結婚すると言えば、自分が喜ぶと思っていたのだろう。確かに嬉しかった。結婚なんて言葉が、彼の口から出ることさえ無理だと思っていたのだから。

だが、とても実現するとは思えない。どんなに願っても、現実にはなりそうにもない。

「わたしと結婚なんて、王様が許すはずがないわ……」

「父にもそう言われた。だが、私はおまえと結婚する。そう決めたし、父にも宣言した。これから、すぐに準備に取りかかるつもりだ」

彼は結婚してほしいとも言わなかったし、ロズリンに返事も訊かなかった。ロズリンは彼がどう思っているのか、正確なところを知りたかった。

彼はほんの少しでも、わたしを愛してくれているのかしら？

そんな疑問が頭に渦巻く。しかし、愛情がなければ、どうして自分のような娘と結婚を決意するだろう。自分には何もない。お金も領土も権力もない。自分と結婚しても、なんの得にもならないだろう。

それなのに、結婚すると言っているのだから、その動機が愛情でなくてなんだろう。愛情があるからこそ、純潔を奪ったということにこだわっているのだ。

ロズリンの心に温かいものが生まれた。

彼の気持ちを大事にしたい。いや、気持ちだけではなく、彼の将来や幸せも大事だった。こんな身分の自分と結婚することが、本当に彼の幸せに繋がるかどうかは自信がない。

かといって、彼の心を傷つけたくなくて、ロズリンはなるべく正直に自分の気持ちを話そうとした。

「わたし……嬉しいです。あなたがそう言ってくれたことが。でも、わたしと結婚することで、あなたに何か不利益なことがあるとしたら……」

「不利益なこととは？」

彼は意味が判らないというふうに首を振った。

「わたしも判らないわ……。でも、王様が許すとは思えないし、何よりみんな反発するに決まってる。わたしはなんの身分もない。どこの馬の骨かも判らない。そんなわたしが、もしあなたの妃となったら……？」

世継ぎの王子という立場だって、剝奪《はくだつ》されかねない。彼の下には弟が三人もいるのだ。

彼はそのことを考えたことはないのだろうか。

仲のいい家族だから、そんな可能性があることを考えてもいないのだろう。だが、ロズリンは考えてしまった。彼が結婚を強行するというなら、その可能性はある。

わたしはこのまま彼とここにいていいの……？

初めて疑問に思った。今まで自分がどう見られているかとか、自分のことばかり気にかかっていたが、彼もきっと苦しい立場なのだろう。それでも、二人は離れられなかったのだ。

「どのみち、私はおまえを手放すつもりはない。永遠に」

彼はきっぱりと自分の目を見ながら答えてくれた。幸せな気持ちで胸がいっぱいになっていく。しかし、その反面、何かとてつもないことが起こるような不安感もある。

今日はダリウスに助けられた。

でも、明日は？　明後日は？

彼が守れないときがくるかもしれない。

自分が望むのは、彼の幸せだった。自分と生きることが彼の幸せならいいが、そうでなくなったとしたら、すぐにこの城から出ていこう。

もちろん、彼と離れれば、わたしは死んだも同然となるわけだけど……。

それでも構わない。

彼の幸せのためなら。

ロズリンはそう思った。

その夜、ダリウスが眠った後、ロズリンは自分の部屋に帰ろうとしていた。

毎夜、彼の部屋を訪ね、こんなことをしている自分が、ひどく汚らわしく思えることがある。それでも、ダリウスへの愛ゆえに、いろんなことを見ないようにしていた。考え始めたら、つらくなるのは当たり前だ。

本当は、こんな暮らしをしたいわけではなかった。いつかは愛する人の花嫁となり、その子供を産み、幸せな家庭を築きたいと思っていたのだ。

でも、愛した人は王子で……。

それはもう変えられないのだから、仕方ないと思っていた。彼の傍にいたければ、この関係を受け入れるしかないのだと。

今になって、彼は結婚すると言う。けれども、それが正しいことなのかどうか判らない。彼とロズリンは互いに惹かれ合っているのだから、愛情で結ばれているかどうかはともかくとして、二人の関係として結婚は正しいことだ。しかし、彼はこの国の世継ぎの王子なのだ。そんなに単純なものではないような気がする。

みんなが祝福してくれない結婚をすべきなのか……。

そもそも、ダリウスが急に結婚すると言い出したのは何故なのだろう。王に呼び出されて、気持ちが変わったように思える。王と一体、何を話したのだろうか。そして、彼はどのように思って、結婚すると言い始めたのか。

ダリウスはロズリンと結婚するものと決めている。ロズリンは遠回しにそれでいいのか訊いているのだが、そんな言葉は彼の耳を通り過ぎているようだった。

一体、わたしはどうすればいいの……？

本心はもちろん彼と結婚して、添い遂げたいに決まっている。でも……。

途方に暮れながら歩いていると、自分の部屋の前に一人の衛兵が立っているのが見えた。

ロズリンは昼間のことを思い出し、身体を強張らせ、立ち止まった。

彼は遠慮がちに話しかけてきた。

「あの……私です。衛兵隊長の……」

よく見ると、男達を捕らえたほうの衛兵だった。彼は隊長だったのか。しかし、警戒を怠《おこた》るわけにはいかない。衛兵だから大丈夫と思って、信頼していたのが、覆されたばかりだからだ。

「こんな夜中に、どんな御用でしょうか？」

「実は……王があなたと直接お話がしたいとおっしゃいまして……」

ロズリンは彼を怪しんだ。もっともなことを言って、やはり自分をどこかに連れていくつもりではないだろうか。

そもそも、王はダリウスと自分の仲を裂きたいのだ。あの男達を差し向けたのが王ではないかという疑惑も晴れていない。

「ダリウス王子がいたら、二人きりで話せないからと……。こんな時間に呼び出すことを詫びていらっしゃいました」

確かに、ダリウスがいるときに、王に呼び出されたら、彼はついてくるだろう。不安はあるものの、王と二人きりで話したい気持ちもある。ロズリンは世継ぎの王子である彼にとって、一番いい方法を取りたいと思っていた。たとえ、悲しみに胸が張り裂けそうになったとしても。

「判りました……」

ロズリンは声を潜めた。城の中であれば、ダリウスには自分の声が判るのだという。今は眠っているから、聞こえていないとは思うが、獣の耳の鋭さについてはよく判らないのだ。

衛兵隊長は先に立って、案内する。ロズリンは充分、用心しながら彼についていった。

今度は城の裏手などに連れていかれることはなく、無事、謁見室に着いた。

王は玉座に座っている。ロズリンは膝を折って、お辞儀をした。ここまで連れてきてくれた衛兵隊長は王に礼をすると、部屋を出ていってしまう。

確かに二人きりだわ……。

王の厳しい表情を見て、ロズリンは急に不安になってくる。やはり、一人で王の前に出るなんて、無謀だったかもしれない。

「ロズリン……。私がおまえを呼んだ理由は判っておろう?」

「はい……。ダリウス王子から伺いました」

「結婚など！　あり得ない。そう思わぬか?」

馬鹿にしたように笑われて、ロズリンは肩を強張らせた。王にとっては、その程度のことでも、自分にとっては違う。本当はダリウスと結婚したい。しかし、彼の立場を考えると、そんなことはできない。だからこそ、真剣に悩んでいるというのに、王は考えるまでもないことだと言っているのだ。

「わたしもダリウス王子も……真面目に考えています。ただ、ダリウス王子は結婚するとおっしゃっていましたが、どうして急にそんなふうに考えを変えられたのかが……」

「それは、私が縁談を進めようと言ったからだ。花嫁になるアトゥーヤの王女はまだ幼い。

彼女と結婚すれば、おまえの肉体が恋しくなる。つまり、そういうことだ」

ロズリンの頬は真っ赤になった。王は、ダリウスがロズリンと結婚したいのは、この身体が目的だと言いたいのだろう。

「そ、それだけなのですか？　でも、もっと他に……」

「他に何があるというのだ？　歌姫よ」

歌声以外のロズリンの魅力は肉体だけだと、ほのめかされた。しかし、それに反論はできない。以前から、自分の取り柄は歌だけだと思っていた。思いがけなく、ダリウスはロズリンを寵愛するようになったが、それはやはり身体だけのことだという気もする。

少しくらいは、愛情というものがあったとしても、縁談が持ち上がっていないときは、結婚なんて選択肢はダリウスの頭にはなかったはずだ。

じゃあ、ダリウスが結婚で求めているのは、本当にわたしの身体だけなの？

ロズリンは混乱していた。王の言葉に惑わされているだけなのかもしれないと思いつつも、ダリウスの心を信じ切れていない自分がいた。不安が込み上げてきて、ロズリンは胸元でギュッと拳を握った。

王は更に言葉を続けた。

「ダリウスは王子の義務というものが判っておらぬ。しかるべき姫を娶り、高貴な家系をつくり上げなくては。これは王族の名誉の問題だ。特に、ダリウスは……」

ダリウスはなんだと言うのだろう。ロズリンは王の顔に後悔が過ぎるのを見た。

「ダリウスの血は薄めなくてはならない。高貴な王女の血を混ぜて……」

ロズリンははっと気づいた。

「獣のことを言っているんですね？　でも……」

「黙れ！　それを口にしてはならぬ！」

王の厳しい叱責の声に、ロズリンは口を閉じた。だが、たまたま獣の特性が強く現れただけのダリウスが、可哀想に思えてきて、また口を開いた。

「ダリウス王子のせいではありません……」

「ああ、そうだ。それは判っている。だが、私は不安なのだ。ダリウスの子のことが。この王家の未来が」

それは、王が見せた初めての素顔だった。

そうよね……。王様だって、自分の息子のことは心配しているはずだわ。しかも、世継ぎの王子なんだもの。

王の気持ちも判らないでもない。王にしてみれば、自分は息子を誑かす悪女だ。邪魔で仕方ないのだ。そんな女ではないと言ったところで、信じられるものではないだろう。

特に、ダリウスがロズリンと結婚すると決心している今では。

ひょっとしたら、ロズリンがダリウスをそうするように操ったのだと、王は感じているのかもしれなかった。

王はダリウスのためになることをしていると思っている。高貴な女性との子であれば、獣の特性が薄くなると、本気で信じているのかもしれない。

もっとも、その根拠がなければ、ダリウスが無理してアトゥーヤの王女と結婚する意味はないような気もした。だからといって、自分と結婚すべきだとも思わない。彼に愛されて、望まれているのなら、どんな困難でも乗り切ろうと思う。しかし、彼が欲しいのが愛情ではなく、身体だけだったとしたら……。

「それに、やはり、おまえには王子の妃が務まるとは思わない。おまえが旅一座の歌姫だったと、城中の人間が知っている。その中で、常に上品に振る舞わなくてはならないのだぞ。綺麗な服を着て、宝石を身に着けるばかりが妃の仕事ではない。外国からの客はもてなさなくてはならないし、多くの人とも温かい言葉を交わさなくてはならない。おまえに、それができるのか?」

改めてそう訊かれると、自信がなかった。もちろん、綺麗に着飾ることが妃の仕事だとは思っていなかったが、自分には大した教養もない。ある程度のマナーは知っていても、王族のマナーなど知るわけがないのだ。

それに、何より、自分がダリウスの妃として、受け入れてもらえるかどうかが判らない。品のない妃だと言われたら、ダリウスが恥をかく。そんな状況には陥りたくなかった。

ああ、どうすればいいの……？

ダリウスを愛している。その気持ちだけで、世継ぎの王子の妃にはなれない。

でも、彼と離れたくない。彼だって、わたしと離れたくないと判っているのに。

どうして、こんな無慈悲な選択を迫られなければならないのかしら。

ロズリンは泣きそうになっていた。けれども、王の前で泣いたりできない。取り乱したところで、なんの解決にもならないに決まっている。

そうよ。冷静にならなくては。

ロズリンは王が怖かった。こうしてロズリンに決断を迫っているものの、彼が聞きたい答えはただひとつだ。

ロズリンに、ここから去ってほしい。それだけのようだった。追い出す手が失敗したから、今度は説得しようというわけだった。しかし、今となっては、王の気持ちも判るだけに、余計に悩んでしまう。

誰の気持ちだって、傷つけたくなんかないのに。

「なあ……ロズリンよ。おまえの働きはなかなかのものだと思っている。双子の扱いは上手い。ダリウスにも肉体の癒やしを与えている。だから、そのことに対して、褒美を取らそうと思う」

王は立ち上がり、謁見室の天井から下がる紐を引っ張る。隣の部屋で鈴が鳴る音がしたかと思うと、扉が開いて、召使いが恭しく口を紐で縛った袋を捧げ持ってきた。王はそれを手に取ると、口を開いて、ロズリンに中身を見せる。そこには金貨がみっしりと詰まっていた。

「おまえが城から出ていくのなら、この褒美を渡そう。大事に使えば、一生働かずとも暮らせるぞ」

ロズリンは愕然《がくぜん》として、声も出なかった。

王の顔には笑みが浮かんでいる。ロズリンに断られないくらいの譲歩はしたと思っているのだろう。説得も無駄に終わりそうなので、今度は買収しようとしているのだ。しかも、ダリウスとの関係を肉体だけのものと限定し、それに対して褒美をやろうと言っている。

今までのロズリンへの嫌味や皮肉やいろんなものは、王のダリウスへの愛情から出た言葉だと思っていた。だからこそ、とても悩んでいたというのに、その気持ちは、ロズリンの中でどこかに消えていった。

ただ、自分の自尊心をここまで傷つけられたことが悔しかった。ダリウスにとっての自分の存在など、確かにちっぽけなものかもしれない。愛情ではなく、身体だけのものかもしれない。

けれども、それでも、やはり自分とダリウスは惹かれ合ったのだ。愛されている自信はなかったが、それだけがロズリンにとって拠《よ》り所だった。

王はダリウスの気持ちを判っていない。理解しようともしていない。ただ、邪魔なものを排除しようとしているだけだ。

もちろん、ダリウスの立場というものもある。けれども、結婚はダリウスが望んだことだ。自分は彼の意志を尊重しよう。それが正しいことであっても……もしくは間違ったことであっても、ロズリンは彼に従うことにした。

だから……。

買収を企むような王の言いなりにはなりたくない！

ロズリンは大きく息を吸い、王に向かって言い放った。

「いいえ、わたしは出ていきません！」

「なんだと？　私に逆らう気か？」

「金貨なんか欲しくない。わたしはダリウス王子と結婚します！　絶対に！」

強気な宣言をしてしまった。躊躇う気持ちもあるが、それでも前に進んでいくことにしよう。何より、ここで身を引いてしまっては、ダリウスが悲しむだろう。

彼が去っていくのは仕方ない。しかし、自分が去ってはいけないのだ。

「お話はこれだけですか？　それでは、わたしは……」

「待て」

帰ろうとしたが、王に引き留められる。王は何を考えているのだろう。ロズリンをどうにかして追い出す方法を考えているのだろうか。

「こういった手は使いたくなかったが、仕方ないな」

王が合図すると、先ほど召使いが出てきた部屋から、二人の近衛兵が出てきた。普通の衛兵とは違い、きらびやかな格好をしている。彼らは王族を守るのが仕事だ。

「……まさか、わたしを……」

ロズリンは逃げようとしたが、近衛兵の動きのほうが素早かった。捕らえられて、素早く布で猿轡《さるぐつわ》を噛ませられる。

「おまえの悲鳴は、ダリウスに聞こえるらしいからな。用心のためだ」

悲鳴は城の中にいる限り、自分の身を守る武器に等しいものだった。しかし、早々にそれを封じられては、どうしようもない。もがいていると、手も脚も縛られて、動けなくなった。

「この者達は昼間、おまえを捕らえた衛兵よりずっと高度な訓練を受けている。おまえを傷つけることはないから、それだけは心配せずともよい」

それでも、男達に自由を奪われると怖くてならない。彼らは本当に傷つけるつもりはないのだろうか。そんなことはしないという保証はどこにもないのだ。

近衛兵はロズリンの身体に布を巻いて、人形のように二人で抱え上げた。

「王に盾突いた罪だ。城を追放する。容易に戻ってこられない場所にでも捨ててくるがいい」

容易に戻ってこられない場所……?

ロズリンの胸は早鐘を打った。ここから遠くの場所なのだろうか。たとえ戻ってきたとしても、この城の中には入れてもらえないだろう。

そんなの……いや！　ダリウスに会えなくなるのは絶対にいや！

それに、ダリウスはどうなるの?

わたしが世話をする双子は?

結婚するなどと言わなければよかったのだろうか。いや、そうではない。自分が言わなくても、出ていくと言わない限り、無理やり連れていかれる運命だったのだ。王は最初からそのつもりで、ロズリンを呼び出したのだろう。

ロズリンは荷物のように馬車に乗せられた。だが、そのほうがよかった。昼間の衛兵のような真似をされるより、ずっといい。彼らも荷物なんかに興味はないだろうから。

馬車が動き始める。

そして、城を出て、ロズリンの知らない場所へと連れていこうとしている。もう二度と城には帰れない。ひょっとしたら、二度と王都にも戻れないかもしれない。

ロズリンはこれからのことが怖くて、涙を流すしかなかった。

真夜中に、ダリウスは異変を知った。

何か胸騒ぎがして、目が覚めてしまったのだ。辺りはまだ真っ暗だ。だが再び眠る気は起きない。

ロズリンの身に何かが……？

この不安感はなんなのだろう。ロズリンは自分の部屋に戻ったはずだ。しかし、昼間のことがあった後で、どうして部屋まで送らなかったのだろう。衛兵が信用できないことはもう判っているというのに。

ダリウスは起き上がり、シャツとズボンだけを身に着けた。それから、すぐにロズリンの部屋に向かった。

静かだ……。

扉をノックもせずに開けた。中は真っ暗だったが、ダリウスの目にはよく見えている。やはり、ロズリンはいなかった。

ということは、やはり父が……。

今度は王の寝室へと向かった。父の眠りを妨げることは、普通だったら躊躇するところだ。父であるのと同時に王だからだ。王には最大限の敬意を払わなくてはならない。けれども、今はそれどころではなかった。

もし、ロズリンがまた誰かに攫《さら》われたのだとしたら……。

それはきっと父が関与したことに違いない。ダリウスには確信があった。寝室に近づくと、王が側仕えと共に寝室へと向かおうとしているところに出会った。

父がダリウスに気づいて、足を止める。

「こんな時間になんだ?」

「父上にお聞きしたいことがあります。ぜひとも、お答えいただかなくては」

「……なんの用事か知らないが、明日にしてもらおう」

父は質問を無視しようとしたが、ダリウスは父の前に立ちはだかった。

「ロズリンがいません。彼女をどうしたんですか？」

父はじろりとダリウスを見た。

「私は知らぬ。おまえの女のことなど……」

「そうでしょうか。父上は私達の結婚をどうしても阻止したいはず。私を説得できなかったから、またロズリンを拉致《らち》したんですね？」

父は肩をすくめた。

「私はただ彼女を『説得』しただけだ。いろいろ言って聞かせたが、ある簡単な方法で、彼女は城を出ていくと言ったぞ」

「簡単な方法……？　どういうことです？」

どうせ父は嘘をついている。そう思ったが、気になった。

「それは……袋いっぱいの金貨だ。それを見た途端、彼女の目の色は変わった」

「嘘です！　ロズリンはそんな女じゃない！」

「優しくて穏やかで……？　だが、金は好きだったようだ。おまえに色目を使ったのも、贅沢な暮らしをしたかったからだろう」

ひどい中傷だった。いくら父親でも、許せることと許せないことがある。ダリウスはいきり立った。

「ロズリンは私の花嫁になることを躊躇していました。贅沢な暮らしをしたいなら、どうしてもっと喜ばなかったのですか？」

「それは不安に思っていたのだろう。妃となれば、おまえの相手をしていればいいというわけにはいかないからな。私も説明してやった。どれだけ大変か。だから、彼女は、おまえの妃となるより、袋いっぱいの金貨のほうが得だと判断したんだ」

そう言われてみれば、彼女はどこか不安そうだった。結婚すると言ったら、喜ぶと思っていたのに、まったくそんな素振りもなかったのだ。

「おまえとの関係は、身体だけのものだと思っていたらしいな。結婚までは望んでいなかったということだ」

「嘘だ……！　ロズリンは……」

純潔だった。汚れなき乙女だった。しかし、彼女との会話の中で、結婚や子供という言葉は一度も出てこなかった。まったく、ほのめかしたこともない。だからこそ、自分もいけないことだと知りながらも、彼女を手元に置いてしまったのだが。

だが……。

急に疑惑が忍び寄ってくる。それは、振り払っても振り払っても、自分の心に絡みつい

ない。

彼女は私を好きなのだと思い込んでいたが、今までそんなことは一言も口にしたことはない。

結婚すると告げても、嬉しそうではなかった。もし、自分のことが好きでもなんでもなかったとしたら、嬉しいはずがない。世継ぎの王子の妃ともなれば、いろんな公務もある。それに、人目に晒されるし、彼女のような低い身分なら尚更《なおさら》、王族や貴族から低く見られて苦労することもあるだろう。

もし、彼女の目当てが、単に贅沢な暮らしなのだとしたら、確かに自分の花嫁となるより、袋いっぱいの金貨をもらったほうがよほどいいだろう。

それに……。

自分はただの王子ではない。獣の王子だ。彼女は自分を受け入れてくれていると思ったが、実はそうではなかったとしたら……。

本当は嫌悪しながらも、贅沢な暮らしのために我慢していたとしたら……。

獣と結婚して、子を産みたいとは思わないはずだ。

いや、そんなはずはない。ロズリンは父が言うような女ではないのだ。

ダリウスはその疑惑をなんとか振り払いながら、父に尋ねた。

「彼女は……どこに行ったんです？　こんな夜中に出ていくはずがない」

「おまえが寝ているうちに出ていったほうがいいと言ってやった。馬車を貸したし、きちんとした近衛兵をつけている。間違っても、彼女を襲おうとは思わない優秀な近衛兵だ。きっと、旅一座でも追っていったのだろう。いや……あれだけの金貨を手にしたのだ。どんなことでもできる。おまえが追っていったところで、追い払われるだけだぞ」

ダリウスは唇を噛んだ。

ロズリンが金目当てだなど……。

そんなことを信じるものか！

胸の中は嵐のような疑惑に苛《さいな》まれていたが、ダリウスは必死で彼女を信じようとしていた。

「私はロズリンを愛しています！　彼女を捜し出して、連れ戻してみせる！」

「おまえより金貨を選んだ女をか？　おめでたいものだな、我が息子よ」

王の嘲りを聞いて、全身の血が沸騰したようになる。だが、ここには父の側仕えがいる。息を吐き、必死に獣に変身することを抑えた。

しかし、父は自分の形相から変身が間近だと気づいたのだろう。そそくさとダリウスから離れた。

「もう行け。おまえの戯言《たわごと》など聞きたくない」

ダリウスは無言で頷き、その場を離れた。激情が身体を駆け巡る。

もう……耐えられない！

誰もいない暗がりで、壁に背中をつけた。鼓動が異様に速くなり、それに伴い、己の身体が徐々に変化していくのが判った。

ロズリン……！　ロズリン！

やがて、身体が完全に変化してしまう。

ダリウスは巨大な狼となり、城の中を疾走《しっそう》した。誰も自分に追いつける者はいない。少なくとも、人間の中にはいない。

外に飛び出し、人間にはない跳躍力で城壁まで跳ぶ。そして、濠を飛び越えた向こうに着地した。

ロズリン……どこにいる？

どこだ、ロズリン！

おまえは私を裏切ったのか？　それとも……最初から私のことなど好きでもなんでもなかったのか？

それを確かめなくてはならない。

こんな獣の姿となった自分を見て、彼女がどんな反応をするのか、今一度、確かめてみなくては。

そして、彼女の本心を知るのだ。

ダリウスはただロズリンを求めて、王都を駆けていった。


ロズリンは王都より離れたところにある森の中で、馬車から降ろされた。

もちろん、手足の縛《いまし》めは解かれ、猿轡は外されている。しかし、こんな真夜中に森の中で降ろされて、感謝する気にはなれない。

フクロウの声がする。虫の声やら、風にそよぐ木々の音。それに混じって、何か獣の声も聞こえる。

生きて戻れないかもしれない。こんな暗い小道に置き去りにされて、方向も判らない。月は出たり、雲に隠れたりしていて、ロズリンの不安を煽《あお》る。せめて、明るい月がずっと出ていてくれるなら、どれほど心強いだろうか。

なんとか、馬車が通ってきた道を戻ろうとしたが、気がつけば、道に迷ったようで、何故だか目の前には湖が広がっていた。

きっと、昼間なら、ほっとしたかもしれない。しかし、こんな夜中に湖で何をする気にもなれない。とにかく、ロズリンは恐ろしかった。この森にはどんな恐ろしい獣がいるだろう。その獣が湖に水を飲みに現れないとも限らないではないか。

そのとき、月が雲から出て、湖を照らした。

「綺麗……」

キラキラと光る湖面は幻想的な眺めに見えた。今、このときは、この湖のことが好きになれそうだった。

そうだ。元気を出そう。くよくよしても始まらない。

ロズリンは大きく息を吸った。そして、湖の畔《ほとり》を歩きながら、低い声で歌を歌い始めた。ひょっとしたら、声を出していれば、動物のほうから近づかないかもしれない。ロズリンはそう思い始め、疲れた足を休めるために靴を脱ぎ、湖の浅いところに浸した。

冷たい水が気持ちいい。思わず陽気な歌を歌い始めたそのときのことだった。

何かの足音が聞こえた。

馬ではない。もっと軽い……蹄《ひづめ》がない動物だ。けれども、とても速いペースでこちらに向かって駆けてくるようだった。

ロズリンは歌うどころではなかった。逃げなくてはならない。しかし、どこに逃げればいいだろう。とりあえず、湖から出なくてはならない。それから、靴を履いて……。

ロズリンは黒い大きな獣の影が自分に襲いかかってくるのを見て、悲鳴を上げた。身を翻して逃げようとしたのだが、その獣にのしかかられて、湖に倒れ込む。獣の顔が目の前にあった。

喉笛を噛み切られる……！

恐怖に声を上げようとしたが、顔は水の中にすでに浸かっていたため、水を飲んでしまった。それでも、必死で獣から逃れようと、めちゃめちゃに手足を動かし、抵抗した。

ああ、でも……このまま溺れてしまう……。

気が遠くなっていったが、いきなりロズリンは何者かに水から引き上げられた。水を吐き、咳き込みながら、自分を襲った獣に目をやる。

そこには、裸のダリウスの姿があった。

獣だと思ったものはダリウスだったのだ。森の獣に噛み殺されると思っていたが、そうではなかった。

「ダリウス……！」

彼が助けにきてくれたのだ。ロズリンはほっとした。彼を他の獣と間違えるなんて、馬鹿なことをしてしまった。ダリウスは本当の獣とはまるで違う。森の中という場所が、ロズリンの感覚をおかしくさせていたのだ。

しかし、ダリウスは長い髪をかき上げ、ロズリンを睨みつけている。とても、助けにきたとはいえない表情をしていた。

「ど、どうしたの？　あなたは助けにきてくれたのではないの……？」

ダリウスは吐き捨てるように言った。

「助けなど、おまえにはいらないはずだな。父から金貨をもらったと聞いたが」

「金貨ですって？　わたしは……」

ロズリンは潔白《けっぱく》を口にしようとした。しかし、彼がそれを信じていることが、ロズリンにはショックだった。

まさか、わたしを疑うなんて……。

あんなに何度も身体を重ねて、彼は結婚するとまで言った。それなのに、もう自分を疑うというのだろうか。

結局、自分と彼との間にあるものは、身体だけの関係だったのかもしれない。すべては、彼の父親の思うとおりになっている。こんな簡単に騙されているようなら、やはり彼の側には愛情などなかったのだ。

「何か言うことはないのか？　おまえは贅沢な暮らしだけが目当てだったのか？」

ダリウスはロズリンの言葉の続きを促した。しかし、もう何も言う気はなくなった。

すべては、夢のようなものだったのだろう。そして、もう夢は終わった。最初から王子を好きになったりしてはいけなかったのだ。

そうよ。結婚なんて……無理だった。でも、せめて、彼がわたしを愛してくれていたら、別れるにしても、もっといい思い出が残っただろう。

ロズリンは黙って、首を振った。濡れた髪をかき上げ、湖から立ち上がる。ドレスが張りついて、身体の線がはっきりと見えていた。ダリウスが飢えたような目つきで見ているのに気づき、ショックを受ける。

金貨に目が眩《くら》んだと非難したばかりなのに、そんな目つきで自分の身体を見ている彼は、本当にそれだけしか求めていなかったのだと、はっきりと判った。それなのに、彼に淫らな目つきで見られて、反応している自分の身体が恨めしかった。

ロズリンは胸のふくらみを隠すように、腕を自分の身体に巻きつけた。だが、その動作で、彼の視線は余計に胸へと釘づけになったようだった。

「……脱ぐといい」

「な、何を言っているの？」

「脱がせてやろう」

彼が手を伸ばしてきて、ロズリンのドレスに触れた。ダメだと拒絶するべきなのに、何故だか声が出ない。

だって……きっとこれが最後だ。彼と最後のひとときなのだ。

どんなに滅茶苦茶にされてもいい。最後の思い出として、抱かれたい。

濡れた衣類は剝ぎ取られて、すべて岸に放り投げられる。ロズリンは裸で、脚を湖に浸したまま、月に照らされていた。そして、彼の均整の取れた身体も、同じように月の光を浴びている。

彼は胸のふくらみを撫で回しながら、唇を重ねてきた。

「んっ……んんっ……」

自然の中で、こんなことをするのは初めてだった。けれども、誰も見ていない。見ていたとしても、人間でないものばかりだ。

ロズリンは必死で彼の舌に、自分の舌を絡めた。これが最後のキスだと思うと、もうどうしようもなく身体が燃え上がるのが判った。

でも……。

彼と離れたくない。

ここで別れるのが正解なのだ。そして、彼はどこかの国の王女と結婚するのだろう。こ

こでこうして抱き合ったことも、彼はあっさり忘れてしまうに違いない。

わたしは忘れない……。絶対に忘れたりしない。

ロズリンは彼の完璧な身体をまさぐった。いつか、他の誰かのものになってしまう身体だが、今だけは自分のものだ。

涙が出たとしても、顔や髪が濡れているから、絶対に気づかれる恐れはなかった。

彼の手は脚の間にも入ってくる。彼の指がすんなり入っていき、自分がどれだけ濡れているのか、はっきりと判った。いつものことだが、こんなときでも、自分の身体は間違いなく反応するのだ。

「あっ……ぁっ……くぅっ……」

立ったまま、指だけで愛撫されているのに、ロズリンはたまらなくなって、彼の胸に身体を預け、くねらせた。

「そんなに……感じるのか？」

訊く必要もないだろう。これほど乱れているのだから、間違いようがない。彼のほうも本当は返事など求めていないに決まっている。

ただ……辱《はずかし》めたいだけなのだ、彼は。

「あ……も……もう……っ」

「もう……？」

「あぁぁーっ……！」

誰にも聞かれていないという安心感からか、思いもよらぬほど大きな声が出てしまった。

ロズリンは彼の腕の中で、指だけの愛撫で昇りつめた。

「なんて……美しいんだ。おまえは……」

金色の髪を指で梳《す》いて、ダリウスは見下ろした。しかし、その瞳の中に愛情を見出すことはできなかった。彼は視線を逸らすと、ロズリンを抱いたまま身を屈めた。

「な……何？」

彼は浅い水の中に両手をつかせる。こんなところで四つん這いにさせられて、ロズリンは動揺した。

だが、彼は何も答えず、ロズリンの腰を後ろから抱いた。彼の猛《たけ》ったものが秘部に当たっている。

「あぁ……あん……」

彼がゆっくりと後ろから挿入してくる。ロズリンは快感に震える自分の身体を、ふと恨めしく思った。どんなことをされても、感じてしまう。もちろん、彼はひどいことをしているわけではない。それでも、彼が自分に屈辱《くつじょく》を味わわせようとしていることだけは、なんとなく判る。

彼は滅多に後ろから挿入してくることはないからだ。その理由も判っている。

獣に変身する彼は、獣めいた体勢を取ることが嫌なのだ。けれども、今はわざとしている。きっと、これが身体だけの関係なのだと、ロズリンに判らせようとしているのだろう。

おまえの顔など見たくない……と。

彼は自分を収めきると、ロズリンの乳房を掴んだ。

「いた…いっ……」

彼はすぐに力を緩めて、乳首を指でなぞり始めた。すぐにまた、痛みより快感が勝ってしまう。ロズリンは自分が何をされているのか、もう判らなくなっていた。

後ろから何度も貫かれて、喘《あえ》ぎ声を洩らす。彼に最奥を突かれると、ロズリンは身悶えするしかなかった。冷たい水の中に手をつき、膝をついている。腰を高く上げた惨めな格好でも、ロズリンはむせび泣くような声を出した。

痛いのか、気持ちいいのか……。惨めなのか、それとも幸せなのか……。

だって、これが最後なのよ。

これから先、もう二度とダリウスに抱かれることはないんだから。

それなのに、彼の身体を抱き締めることもできないなんて……。

「おまえは……考えないのか？　もしかしたら、おまえを抱いているのは……獣かもしれないと……」

「ど……どうし…て？」

「おまえの白い身体に絡みついているのは……黒い獣かもしれない……。それでも、おまえは……こんなふうに……感じて……乱れるのか？」

ロズリンは彼の言葉どおりのことを想像してしまった。

自分の背後から獣がのしかかっているところを……。

でも、その獣はダリウスなんでしょう？　それなら、怖くはないわ。彼だと判っていたら……。

ロズリンの内部が収縮したような気がした。彼は呻《うめ》いて、お返しにロズリンの敏感な珠を探り当てて、そこに指を押しつけた。

ロズリンの身体は強すぎる快感に、ビクンと跳ねる。

「淫らな女だ……。獣でもいいのか？」

その質問もまた答える意味はなかった。彼は返事なんて求めていないはずだ。ロズリンはただ、彼が与えてくれる快感に激しく反応した。

水音が辺りに響く。ロズリンの声も……。

身体の芯が燃え上がる。ロズリンは仰《の》け反るようにして、大きな声を出した。そして、再び絶頂を迎える。

ダリウスも昇りつめると、奥で熱を放った。

ロズリンの腕は震えていた。水が冷たいせいなのか、それとも感極まったせいなのか、よく判らない。ただ、もうどうしようもなく、身体が震えていた。

ダリウスは身体を離すと、ロズリンを抱き上げて、岸辺に連れていった。

寒くても、濡れたドレスを着れば、もっと凍えてしまうだろう。ダリウスに至っては、着るものすらない。

銀色の月の光の下で、二人は見つめ合う。

ダリウスの眼差しからは、何も読み取ることはできない。少し前まで、彼はわたしのものだったのに。

今はもう……。

涙が零れ落ちる。ダリウスの目はわずかに見開かれたが、もう涙を拭う気持ちも残っていないようだった。彼はくるりと背を向けた。

彼はたちまち黒い毛に覆われた狼となる。

そうして、森の中へと駆けていってしまった。

第五章　永遠の愛を誓うキス

ロズリンが市場で歌い始めると、人が集まってきた。

陽気な歌は、人を楽しくさせる。ロズリンは自分が歌うことで、人が笑顔になってくれることが嬉しかった。

一生に一度の恋は破れてしまったけれども、自分にはまだ歌がある。歌う度に、そう思わされる。つらい恋のことなんて、もう考えたくない。獣に変身する王子様のことなんて、思い出したくなかった。

ロズリンは湖でダリウスと別れてから、凍えながら森の中をさ迷い歩いた。そして、やがて王都に辿り着き、この市場に流れ着いた。

市場で果物を売る手伝いをする仕事を得て、掃除をする代わりにタダで間借りできる部屋も見つけた。大した稼ぎにはならないが、それでも自分の食い扶持はなんとか賄《まかな》える。できることなら、ロズリンは別の国に行きたかったが、今のところは無理だ。フィニッツ一座を懐かしく思うこともあるけれど、あのときした選択を悔やむような真似はしたくない。

結局のところ、初めての恋に自分を見失っていた。理性より感情を優先させた結果、あんなことになってしまったのだ。

初めから判っていたことなのにね……。

王子様に恋してはいけない。何度もそう思っていたのに、恋に落ちてしまったんだから。

「ロズリン、オレンジを買うから、歌っておくれ」

常連客が声をかけてくれる。ロズリンはにっこり笑い、オレンジにちなんだ歌を歌った。歌い終わると、拍手が浴びせられる。ふざけてお辞儀をすると、みんなが笑った。

夕方になり、店を片づけていると、後ろから声をかけられた。

「ロズリン！」

聞いたことのある声で、ロズリンは振り向いた。

そこには、双子とその姉セラフィーナ、それからアーサーとクレメントの五人が立っていた。つまり、ダリウス以外の兄弟達だ。

双子はともかくとして、他の兄弟達はダリウスと自分の間にあったことを知っているはずだ。彼らは何も口を挟まずにいてくれたのだが、今頃になって、どうして自分を訪ねてくるのだろう。

ロズリンはどういう態度を取っていいか判らなかったが、彼らと喧嘩《けんか》別れをしたわけではないのだ。にっこり笑って、頭を下げた。

「どうしたの？　みんな揃って……」

セラフィーナが五人を代表して口を開いた。

「ロズリンがここにいるって、聞いたの。双子がついこの間、お城を脱け出したときに見たって言うから」

「まあ……声をかけてくれたらよかったのに」

ロズリンはルーカスとルイーズに笑いかけた。二人ははにかむように笑った。

「でも、僕達、ロズリンに嫌われてるんじゃないかって思ったんだ」

「別に嫌いになんかなってないわよ。どうして？　わたしが……突然いなくなったから？」

確かに世話係が何も言わずに、いきなりいなくなっていたなら、彼らにしてみればショックだったかもしれない。とはいえ、どうしていなくなったのか、本当のことを言ってもいいのかどうか迷うところだ。

「お父様に追い出されたんでしょう?」

ルイーズが目に涙を溜めていたから、ロズリンは驚いた。

「どうしてそれを?」

誰がそんなことを言ったのだろう。ダリウスはロズリンが金貨を受け取ったと信じていたようだったから、彼が言ったわけではないだろう。それなら、一体、誰が……?

「お父様がそう言ったの。すごく反省してるのよ」

ロズリンは目をしばたたいた。自分を追いつめた王はとても意地悪だったし、反省するような感じにも見えなかったのだが。

「実はね……ダリウス兄様が……」

セラフィーナがダリウスの話をし始めた途端、ロズリンは目を逸らした。彼のことなんて聞きたくない。

「ロズリン、聞いて」

セラフィーナは断固として話を続けた。

「ダリウス兄様は今、様子がおかしいの。笑いもしないし、怒りもしない。感情を表に出さなくなったわ」

ダリウスがそんな状態になっている理由はなんなのだろう。自分と別れたせいだと思うのは、危険なことだ。それほど、彼が自分を好きだったとは思えないからだ。

「でも、どうして……?」

「どうしてって……。あなたが城を出たせいよ。というか、お父様があなたとダリウス兄様の仲を裂いたせいなのよ」

今更、そんなことを言われても困る。確かに王は二人の仲を裂いた。しかし、結局、ダリウスが自分から去っていったようなものだ。ロズリンの言葉を信じず、王の言うことを信じたのだから。

あのとき、金貨をもらったと疑われたことは、ロズリンの心を傷つけていた。あのとき、自分を信じてくれていたなら、ロズリンは彼と共に城に戻っていただろう。彼の愛情を信じて。

しかし、そうではなかった。獣となって、ダリウスは自分の前から去っていった。森の中で取り残されたロズリンは、なんとか一人で生きなくてはならなかったのだ。

「原因はあなた達のお父様かもしれないけど、わたしとダリウスの間はもう……」

壊れてしまったものは元に戻らないだろう。自分と再会したからといって、彼の状態が元に戻るとは思えない。もちろん元気がないのは心配だが、ロズリンにはどうしていいか判らなかった。

アーサーが一歩進み出た。

「とにかく、一度、戻ってきてほしいんだ。君の顔を見るだけで、絶対に変わると思うから……」

「そうかしら。わたしには、そうは思えないけど」

クレメントはさっきから腕組みをして、じっとこちらを見ていたが、ふと溜息をついた。

「君は臆病《おくびょう》だな」

なんとなくムッとする。臆病だと言われて、嬉しいわけがない。たとえ、それが真実でも。

「わたしはお城を追い出されたのよ！　今更、戻れないのよ」

「それは判っている。しかし、父上はダリウスがあれほど落ち込んでいるのを見て、君を追い出したことを後悔している。君が城に戻ってきて……双子の世話係としてまた働いたとしても、誰も非難しないさ。母上だって、そうしてほしいと思ってるって」

ロズリンは再び城で双子の世話をする自分を想像して、首を振った。

「わたし……もう無理よ」

「ほら、君は臆病なんだ」

クレメントに決めつけられて、ロズリンはやはりムッとする。

「違うわよ。わたしはもう疲れたのよ。……あ、双子ちゃん達の世話が嫌だっていうわけじゃないのよ。でも、ダリウスとの仲が戻ったとしても……それはそれでつらいの」

セラフィーナが大きく頷いた。

「判るわ、ロズリン。そうね、前のようにダリウスの都合のいい存在になるなら、あなたにはつらいだけかもしれないわね」

彼女はさすがにロズリンの乙女心を理解してくれたようだ。

「でもね、今回は違うわ！　わたし達、前は遠巻きに見ていただけだけど、みんなあなたを応援しているから！」

「お、応援……って？」

セラフィーナはニコニコしながら、ロズリンの手を両手で握った。なんとなく、逃げられないような気分になってきたのは、何故なのだろう。

「わたし、あなたの歌声が大好きなの！」

「え……あ、ありがとう……」

いきなり、どうして歌の話になるのか、ロズリンにはよく判らない。彼らみんなには判るらしく、一様に頷いている。

「だから、あなたが城にいて、その素晴らしい声を聞かせてくれるなら、なんだってししたいの。あなたもダリウスも幸せになってほしい。ううん、みんな、幸せになってもらいたいの！」

セラフィーナは無邪気に理想を語っている。

特別な聴力の持ち主である王族からすると、ロズリンの歌声はかなりの威力があるらしいのだが、それにしても、歌声を間近で聴きたい一心で、自分を城に引き戻そうとするのはやめてほしかった。

アーサーは突然、何を思ったのか、セラフィーナからロズリンの手を奪った。

「なあ、みんな！　いっそ、僕とロズリンという組み合わせはどうだろう？　ダリウスより、僕とのほうがお似合いに見えないか？」

彼はもったいぶった態度で、ロズリンの手にキスをしてきた。セラフィーナは顔をしかめて、アーサーの手からロズリンの手を引き離す。

「ダメに決まってるでしょう？　だいたい、ダリウス兄様はもっと傷つくし、ロズリンにその気がないのは顔を見れば判るわ」

「だから、僕とロズリンが婚約するふりをして、ダリウスの嫉妬《しっと》を煽るんだよ。今のダリウスはまったく感情を出さない。抜け殻みたいになっているんだ。そこに、僕がロズリンを伴って現れる。市場にいたロズリンを口説き落としたとか言って。……どうかな？」

そんな状況を思い浮かべて、ロズリンは身震いした。

「ダリウスがどんな恐ろしい反応をするかと思うと……。無理よ、そんなこと」

「恐ろしい反応をするなら、まだいいんだ。ぜひ、そんな反応を引き出したいよ」

つまり、ダリウスは自分が想像するより、ずっと変わってしまったということだろうか。

彼はどちらかというと、激しい性格だ。冷たいふりをすることはあっても、基本的に感情的なのだ。

あんな手を使ってロズリンを追い出した王が後悔しているくらいだから、よほどダリウスの状態はよくないということなのだ。そんな彼を放っておいていいのかどうか、ロズリンは迷った。

元気がないなら、時間が解決することだと言えるが……。

ロズリンはダリウスと顔を合わせることが怖かった。最後に会ったときに、贅沢な暮らしが目当てだと非難されたことは、まだしっかり覚えている。あのときの冷たい仕打ちは、忘れられない。

わたしが立ち直るのに、どれだけの苦労をしたと思っているのかしら。

彼とまた会えば、再び苦しむことになるだろう。セラフィーナの言うように、単純に幸せが待っているならいいが、きっとそうではないはずだ。城で暮らすのも、そして、再び城から出ていくのもつらいに決まっている。彼らは無邪気に、ロズリンさえ戻れば、すべてが解決すると思っているようだが、そんなに簡単なものではないのだ。

「ねえ、お願い、ロズリン！」

ルーカスがロズリンの手を握った。そして、もう片方の手をルイーズが握る。二人は懇願するような目つきで、自分を見上げていた。

ここの兄弟達はロズリンを操るのが上手い。そもそも、ロズリンは大家族というものに憧れがあり、とても弱かった。ルーカスを見ていると、親戚に引き取られた弟のことを思い出すこともあって、とにかく子供の懇願ほどロズリンの気持ちを揺るがすものはなかった。

ロズリンは溜息をついた。

「判ったわ……。とにかく、一度戻るわ。でも、ダリウスとわたしの仲は戻らないと思っていてね」

兄弟達は歓声を上げた。セラフィーナに抱きつかれ、ルイーズとルーカスも両側から抱きついてきた。アーサーとクレメントはそれを見て笑っている。

まるで、わたしの家族みたい……。

そう思うのは間違っている。でも……。

ほんの少しの間だけ、家族のような気分を味わってもいいんじゃないの？

きっと、後でつらくなる。どのみち、王子様との恋は上手くいかないのだ。

そうよ。だって、わたしとダリウスは結ばれない運命にあるんだから。


ロズリンは双子に両側から手を繋がれて、まるで連行されるような気分で、再び城に戻った。

城には、少ない自分の荷物があったはずだ。それがどうなったのかも知りたい。母の形見もあったからだ。できるなら、それらを持って帰りたかった。

ロズリンはダリウスとの仲が元どおりになるという幻想を抱いてなかった。万が一、再び二人が惹かれ合うことになったとしても、お互いに今回は分別があるはずだ。決して、以前のような関係にはならない。なってしまったら、悪夢にまた引きずり込まれることになるだろう。

二人の関係はあの湖で過ごしたのが最後だったと思いたい。彼の顔なんか見たくない。見たら、つらくなるだけなのだ。

ロズリンはまず王に挨拶に行った。王が後悔していると、ダリウスの弟妹達に言われていなければ、絶対会いたくなかった。世継ぎの王子を自分のような庶民から守りたいだけだったとしても、ロズリンは許せなかった。

最初に見たときは、優しそうな人だと思っていただけに、裏切られた気分だ。

この間とは違い、王とは執務室で会った。ダリウスの弟妹達と一緒に部屋に入ると、王は執務机から立ち上がり、立ち尽くすロズリンのほうにやってきた。王とは二度会っただけだが、どちらも向こうは玉座にいて、雲の上の人のような顔をしていた。

しかし、今は対等な人間という気がしてくる。もちろん、彼は王で、ロズリンは庶民だ。対等なんかではないが、少なくともこの間のように居丈高《いたけだか》な雰囲気はどこにもなかった。

どちらかというと、優しそうなところもあるという最初の印象に近い。彼はロズリンの前に来ると、いきなり手を取った。

「私のことを許してほしい」

「え……」

後悔しているとは聞いていたが、王自ら許しを請《こ》うとは思いもしなかった。ロズリンは驚いて目をしばたたいた。

「あの……わたしが戻ってきたのは……」

「ダリウスのためだろう？」

結局はそういうことになるのだろう。ロズリンは頷いた。

「でも、前みたいな関係を続けようとか、結婚とか……そういったことを望んでいるんではないんです。ただ、ダリウスが心配だから……。それだけなんです」

王はロズリンの手を握ったまま、何度も頷いた。

「おまえ達の仲を無理やり裂こうとしてはいけなかった。私はダリウスをあんなふうに感情のない人間にはしたくない。ダリウスを不幸にはしたくないんだ」

王がロズリンにあんな真似をしたのも、やはりダリウスを不幸にしたくなかったからだ。完全な獣になるという不幸を背負っている彼は、世継ぎの王子として、血統のいい王女を花嫁にすれば、幸せになれると思っていたに違いない。

しかし、あのとき王の言ったことも、間違いではなかった。ダリウスはロズリンの身体を欲しがっていただけだったのだ。

でも……それなら、彼は自分と別れた後、どうして感情を表さない人間になったのだろうか。ロズリンが実は贅沢な暮らしを求めていて、金貨に目が眩んだとしても、身体だけの関係ならば、どうでもいいことではないだろうか。そんなことで、彼の心が傷つくはずはないのだ。

彼にはやはり少しくらい愛情があったのかもしれない。しかし、そう思ってみたところで、心が慰められるわけでもなかった。結局のところ、二人には身分差があり、結婚など無謀でしかない。ダリウスの幸せがどこにあるのか、ロズリンには判らないが、いずれにしても、それは自分とは関係のないことに違いない。

「わたし、とりあえずダリウスに会ってみます。でも、わたしが魔法のように何かできるなんて期待しないでください。ダリウスが落ち込んでいるのは、きっとわたしのせいではないですから」

そう言ったときに、ノックの音が聞こえた。続いて扉が開く音に、ロズリンは振り向いた。

そこにいたのは、ダリウスだった。はっと緊張したロズリンだったが、彼のほうはロズリンを見ても、ほんの少し目を見開いただけだった。すぐにまた無表情に戻り、王に話しかけた。

「何か御用だと伺いましたが」

王は彼の反応のなさに、落胆しているようだった。

「ロズリンが戻ってきたんだ。おまえとは親しかったわけだし、知らせておこうと思ってな」

ダリウスは感動も何もない目つきで、ロズリンを見た。

「金貨と共に追い払ったのでは？」

ロズリンはその冷たい言い方に、胸がズキンと痛んだ。王は慌てて、そのことを否定した。

「いや、本当のことを言うと、金貨で買収しようとしたが、彼女は拒絶したんだ。だから、近衛兵に連れていかせた。……愚《おろ》かなことをしたと思っている。おまえとの仲を引き裂くためにしたが、本当に悪かった……」

王が謝ったのに、ダリウスはただ素っ気なく頷いただけだった。

「判りました。だが、彼女とのことはもう過去のことです。私も新しい道に進もうと考えています」

「新しい道とは……？」

「アトゥーヤの王女との婚約です」

ダリウスはきっぱりと言った。同時に、セラフィーナが息を呑む音がした。

ロズリンは彼の口からそんなことを聞こうとは思わなかった。彼は変わったとセラフィーナ達は言っていたが、彼のほうはさっさとロズリンとのことにけりをつけていたのだ。

それなら……わたしはなんのために戻ってきたの？

わざわざ胸が張り裂けそうな想いをするために……？

彼の口から婚約のことなど聞きたくなかった。

このまま倒れてしまいそうだった。それくらい、大きな衝撃を受けていたのだ。結局、ロズリンのほうはまったく吹っ切れていなかったということだ。

自分も先に進んだつもりでいたのに……。

「ダリウス兄様！　本当にそれでいいの？　わたし達、ダリウス兄様に幸せになってほしいのに、どうして……？」

セラフィーナは悲痛な声でダリウスに尋ねた。しかし、彼女を見つめるときのダリウスの目も、ロズリンに向けたものとあまり大差ないものだった。

「私は世継ぎの王子だ。国のためには、他国の王女との結婚も引き受けなくてはならない。いわば、王子の義務だ。幸せなど、どうでもいい」

彼は冷静そのもので、ロズリンは怖くなってきた。

何がいけなかったのだろう。どうして、彼はこんなに変わってしまったのだろうか。ロズリンは彼の首に手を回して、その唇を貪ってみたかった。けれども、なんの反応も返ってこなかったとしたら、恐らく生きていくのが嫌になってしまうだろう。そんな危険は冒せなかった。

王はダリウスに向かって言った。

「私もおまえに幸せになってもらいたいと思っている。今になって、アトゥーヤの王女との縁談は進めるべきではないと……」

「いいえ、進めてください。他に御用がないのなら、これで」

ダリウスは王に一礼すると、さっさと立ち去ってしまった。彼のあまりの冷ややかさに、ロズリンはもう声も出なかった。

すべては遅すぎた……？

彼は立ち直るために、ああして昔の自分とは決別したのかもしれない。それなのに、愚かにもこの城に戻ってきてしまった自分が恥ずかしい。

彼を助けたいと思っていたなんて……。そんなものは、ただの思い上がりだ。

「ロズリン……」

セラフィーナがロズリンの腕に手をかけた。

「ごめんなさい。ダリウス兄様があんなことを言い出すとは、思ってもみなかったの」

「仕方ないわ……。でも、元に戻れないのは、最初から判っていたもの」

そう。それなのに、どうしてこんなにショックなのだろう。戻れなくても、少しくらい優しさを示してもらえると思っていたのだ。

それさえも、彼はしようとしなかった！

それどころか、他の女性との婚約を平然と口にした。わたしには彼の気持ちが判らない。そこまでわたしを傷つける彼の気持ちが。

どちらにしても、これでロズリンがこの城に戻る意味がなくなった。

「わたし……故郷に帰ろうかしら」

「ロズリン、行っちゃいや！」

ルイーズが小さな手でロズリンに抱きついてきた。小さな女の子を泣かせたくはないが、きっぱり真実を告げたほうがいいのかもしれない。

「だって、わたしのいる意味がないもの。約束だから、あなた達のお世話は一週間だけするけど、それでもう……」

本当のことを言えば、もっとルーカスやルイーズの面倒を見たいと思っていた。だが、傍にいれば、ダリウスがアトゥーヤの王女と婚約し、結婚するところまで見なくてはならないかもしれない。そんなことは絶対に嫌だった。

それどころか……今の時点でもう耐えられなかった。

彼が婚約すると聞いただけで、胸が痛くてたまらない。

一週間経ったら、この国を去ろう。ダリウスの噂なんか流れてこないところへ行きたい。遠くへ行けば、彼のこともきっと忘れられる。

ロズリンに必要なのは、ただ時間と距離だけだった。

ダリウスは自分の執務室に戻り、側近を追い払うと、崩れ落ちるように長椅子に腰を下ろした。

ロズリン……！

久しぶりに見た彼女は、どことなくやつれていた。しかし、その理由を、自分が恋しかったからなのだと、都合のいいように解釈するわけにはいかない。

ロズリンと離れた直後の自分は、もうボロボロだった。生きているのに、半分死んでいるようだった。女と別れたくらいで、こうなるとは思ってもみなかった。

結局、私はすでに彼女に心を奪われていたのだ。

愛している……。

今になって、どんなにロズリンを愛していたか、はっきりと判る。もう、彼女の心に自分はいないというのに。

彼女が金貨を受け取っていないことは、あの森の中での出来事の翌日になって、気がついた。金貨をもらって、自分の好きな場所に行くとして、どうしてあんな森の中を選ぶだろうか。湖の畔で、彼女は一人きりだったではないか。

あんな森の中に、しかも真夜中なのに、彼女を放置してしまった。慌てて信頼できる側近を使い、彼女の行方を探らせた。王都に戻ってきていると知り、ほっとしたものの、彼女には二度と会わないつもりだった。

何故なら……。

私は彼女を殺してしまうところだった。

あのとき、獣の姿の自分を見た彼女は、悲鳴を上げて、逃げようとした。あれこそが、彼女の本心だと思ったとき、激情にかられてしまった。あの瞬間だけ、自分を抑えようとも思わなかったのだ。

私は迷わず彼女に襲いかかった。まるで獣が獲物を仕留めるように、彼女の喉笛に噛みつこうとしていた。

今思い出しても、恐ろしい。一度は結婚しようとまで思った愛しい女の喉笛を、私は噛みちぎろうとしていた。

あのときまで、獣の姿になろうとも、自分を人間だと思っていた。しかし、ひょっとしたら、本当は獣なのかもしれない、人間の自分のほうが仮の姿なのかもしれないと考えて、恐ろしくなってしまった。

ロズリンはもう少しで死ぬところだった。喉笛を嚙まれなくても、あのまま水の中に押さえつけていたら、溺死していただろう。ギリギリで理性が戻ったが、その後もよくなかった。彼女を誘惑し、抱きながらも屈辱を与えた。あの後、ロズリンは震えていた。

獣に襲われて、どれだけ恐ろしかったことだろう。

愛する人をあんな目に遭《あ》わせて、許してほしいとは言えない。いや、彼女が本心から許すとも思えない。

それに……。

彼女は獣の自分を恐れている。それが判った以上、前のように彼女を抱くことなど、もうできない。

胸の奥が痛い。本心では、彼女を誰よりも欲しているというのに。

弟妹達は何も知らないから、お節介にもロズリンを呼び戻した。彼女もどうしてまた戻ってきたのだろう。少しでも、自分に会いたいという気持ちがあったのだろうか。

いや、そんなはずはない。彼女はきっと怖がっている。

アトゥーヤの王女との婚姻は、正しいことなのかどうか判らない。しかし、王女に自分の正体がばれなければいいのだ。その秘密はきっと保たれるだろう。王女にはなんの思い入れもないし、きっとロズリンを愛するように、王女を愛することはないと判っているからだ。

世継ぎの王子として、隣国の王女と結婚し、次の世継ぎを産ませる。

そうだ。それは間違っていない。アトゥーヤの王女だって、義務で結婚するのだろうから、彼女がこちらを愛する心配もない。

それなら、どうしてこんなに胸が重く苦しく、痛くなってくるのだろう。

ロズリン……！

最愛の人。

彼女を幸せな花嫁にできないのなら、誰と結婚したとしても同じことだ。

ダリウスの心から、ロズリンが消える日はきっと来ないだろう。


ロズリンは約束どおり、一週間だけ双子の世話をすることにして、元の部屋に戻った。

だが、どうしても、ダリウスと顔を合わせてしまう。それがつらかった。一週間の我慢だからと自分に言い聞かせ、彼のほうをなるべく見ないようにしていた。

ロズリンは、次第に食欲も減り、痩《や》せてきたような気がした。一週間という期間がこれほど長く感じられたのも初めてだった。

とうとう、約束の一週間が明日で終わる。ロズリンはダリウスにばかり気を取られていた頃より、セラフィーナと仲良くなり、双子とはたくさん接して、今まであまり馴染みのなかったアーサーやクレメントともよく話すようになった。そうしなければ、食事の時間などは特につらかったからだ。

ダリウスはロズリンを無視していた。自分も視線を向けないようにしていたから、文句を言うのは間違っているかもしれないが、彼の弟妹達が間を取り持とうと無駄な努力を重ねても、彼は決してロズリンに話しかけようとはしなかった。

ともあれ、ロズリンは最後の夕食を終えた。一晩眠り、朝になったら出ていくことにしている。王が双子の世話係としていくばくかの礼金をくれるという話だったので、それを旅の資金として、故郷に帰ることにした。

二度と、この国には戻らない。獣化するという不思議な王族とは、もう関わることはないだろう。

「さあ、あなた達、そろそろ寝る支度をする時間よ」

ロズリンは、夕食の後、双子を寝室に連れていこうとした。ダリウスはさっさと自分の部屋のある棟に引っ込んでいる。最後だと思って、ロズリンは自分から話しかけようとしたのだが、無視されて、心は傷ついていた。

彼と過ごした日々は取り戻せなくても、最後は笑って終わりたかったのに……。

もっとも、今の彼は決して笑わないから、話したところでやはり変わらなかっただろう。

それでも、一時はあれだけ二人で抱き合ったのに。ダリウスはロズリンのことなど、本当になんとも思っていないのだ。

ルーカスがロズリンを見上げて、甘えるように手を握った。

「ねえ、ロズリン。今夜はロズリンと過ごす最後の夜だから、少しだけお散歩に行こうよ」

上目遣いでおねだりしてくる表情は、ある意味、危険だ。彼が大人になったら、この手を使って、女性を口説きまくるのではないかと心配になってくる。

ルイーズもルーカスの反対側から、同じような攻撃を仕掛けてきた。双子の世話係は、これからも苦労することだろう。彼らは当分このままだと思うからだ。

「……判ったわ。少しだけよ」

それこそ、最後の夜だから折れると、双子は歓声を上げた。

「僕達、ロズリンのことがだーい好きだよ！」

可愛い双子にそんなふうに言われて、悪い気はしないものだ。ロズリンは双子を連れて、夜の散歩に出かける。途中で、セラフィーナもやってきて、四人で話しながら歩いていく。

ロズリンは中庭を歩くくらいの散歩を考えていたのに、双子達はロズリンが足を踏み入れたことのない城の奥にある古い円塔へと連れていく。

ルーカスは無邪気に塔を指差した。

「この塔の一番上の部屋で魔法の言葉を唱えれば、願いがかなうんだって。知ってた？」

「初めて聞いたわ」

その塔は城とは独立して建てられていたものの、城壁の一部と繋がっていた。古い時代には、戦のために使われていたものではないだろうか。塔の外は石造りだが、中は木造で、古びた感じはしたが、人の気配はしなかった。

「勝手にこんなところに入ってもいいの？」

「いいんだよ。誰もいないんだから」

ロズリンは階段を上る間に、魔法の言葉を教え込まれた。最上階の部屋の扉の前で、再びルーカスが言った。

「一人でここに入って、魔法の言葉を唱えてきて。一人きりじゃないと、効果がないから」

古い塔の一室に、一人で入るなんて気味悪かったが仕方ない。持っていた燭台を彼らに渡し、そのまま部屋に入る。大きな窓から入ってくる月明かりのおかげで、さほど暗くはない。

使っていない部屋のはずだが、意外と汚れてはない。掃除はされているようで、魔法の部屋だから、ひそかにたくさんの人が出入りしているのかもしれない。

そう思いながら、ロズリンは双子に教えられた長い魔法の言葉を十回繰り返した。そして、最後に願い事を口にする。

「ダリウスが幸せになりますように」

今、ロズリンが願うことは、それだけだ。

ロズリンはほっとして、扉を開けようとした。すると、開かない。押しても引いても叩いても効果はない。

「嘘……。ねえ、ルーカス！　開けて！」

ふざけて鍵をかけられたのだと思ったが、扉の向こうはしんとしている。ふざけているにしても、こういうふざけ方は許せない。

「ルイーズ！　セラフィーナ！　開けて！　開けてよ！」

ふと、双子だけでなく、セラフィーナも一緒にいるのに、こんな子供じみた策略《さくりゃく》で、自分を閉じ込めたりしないだろうと気がついた。

ということは、なんらかの意味があって、ここへ連れてきたということだろうか。

でも、何故？

ロズリンは窓辺に寄ってみた。大きな窓を開くと、そこからバルコニーに出られるようになっている。手すりに摑まり、下を見下ろしたが、双子が逃げ去っていく姿も見えなかった。あの馬鹿馬鹿しい魔法の言葉を唱えているうちに、出ていってしまったのかもしれない。

あんなものを信じて唱えていたとは、本当に馬鹿みたいだ。まして、ダリウスが幸せになるように祈ったなんて。

上を見上げると、満月だった。明るい夜でよかった。燭台もなく、一人でこんな高い塔に閉じ込められるとは思わなかったから、月明かりだけが心の支えだ。

まあ、いいわ……。

目的が何なのか知らないが、まさか朝までここにいろというわけではないと思う。ここから大声で助けを求める自分を想像したが、最後の夜の過ごし方としては、あまり魅力的ではなかった。

ロズリンは窓を閉じて、その傍に置いてあった椅子に腰かけた。だが、何もすることがない。

仕方ないわ……。奥の手を使わせてもらうから。

ロズリンは大きく息を吸い込み、歌い始めた。彼らは聴力がよくて、この歌声が大好きなのだという。たっぷり聴かせているうちに、鍵を開けにくるだろう。

何曲も続けて歌っていると、鍵を開ける音がした。ようやく扉が開いたから、ロズリンは歌をやめて、そちらを見る。が、誰が入ってきたかを知った途端、言葉が出なくなってしまった。

そこには、燭台を持ったダリウスの姿があった。白いシャツに黒いズボン。そして、黒いブーツ。居間で寛ぐときの姿だ。彼のそんな格好を見るのは、実に久しぶりで、ロズリンは胸がときめいた。

ああ……やっぱり、わたしは彼を愛しているんだわ！

傷つけられて、無視された一週間だったが、それでも彼のこんな姿を見るだけで、胸が高鳴るのだから。

彼は食堂にいるときと違い、食い入るような目つきでロズリンを見つめていた。それを見ただけで、今度は身体に炎のようなものが宿った。彼だけがこんなふうに自分の身体にすぐに火をつけられるのだ。

こんな人は、一生かかっても二度と出会えない。彼こそがわたしの運命の人なのよ。

しかし、悲しいことに、彼は結ばれない運命の人でもあった。

彼は扉を静かに閉め、その近くにある小さなテーブルの上に、燭台を置いた。今になって、この小さな部屋がどんなものなのか見えた。椅子やテーブルの他に、寝台があった。

が、そこに寝具はなく、ただの台にしか見えない。

「あ、あの……どうしたの？　どうしてここにいるの？」

ロズリンは頼りなげに小さな声で彼に尋ねる。彼はわずかに眉を上げた。

「アーサーとクレメントがやってきて、ここの鍵を渡された。後は、おまえの叫ぶ声や歌声が聞こえてきたから、説明の必要はなかった。最後の夜を、二人で過ごせということらしい」

彼らはなんてことを……！

ロズリンは思わず椅子の上でもじもじと動いた。自分がここで裸にされて、貫かれるところを想像したからだ。いや、アーサーやクレメントはそこまで考えて、鍵を渡したわけではないだろう。ただ、話をするようにということだ。

いつだって、自分達の間では、会話より抱き合うことのほうが優先されていたような気がする。しかし、今の彼は以前よりずっと理性的だ。

そうだわ。今なら、わたしの思っていることを聞いてくれるかもしれない。

というより、今しかない。これを逃したら、彼の記憶に残るのは、自分の歌声と身体の感触だけということになりかねない。

わたしは一人の人間なんだから。彼を愛する乙女なんだから。

それを判ってほしい。

ロズリンの気持ちは高まっていったが、ダリウスは冷めた態度でロズリンから目を逸らした。

「ここは罪人の塔と呼ばれている」

「え……でも、誰もいないみたいだったわ」

「今は使われていないからだ。王族や貴族などの身分の高い者が罪を犯したときに閉じ込める塔だ」

それなら、自分がここに足を踏み入れるのは間違いではないだろうか。王族でも貴族でもない。ただの庶民だ。もう歌姫ですらない。

「でも、バルコニーなんかがあるのに。逃げやすいんじゃ……」

「外をちゃんと見たのか？　どうやって逃げるというんだ？」

確かに、この部屋の場所は高すぎる。しかし、ダリウスなら、逃げられるのではないだろうか。城壁の一部と繋がっているが、バルコニーから城壁までは距離があるので、バルコニーから斜めの方向に飛び降りなくてはならない。人間には絶対無理だが、ダリウスが獣に変身すれば、飛び移れるはずだ。

ふと、そのための部屋かもしれないとも思った。閉じ込めておいて、逃げ出す余裕を与える部屋だ。たとえば、王族が獣に変身するところを誰かに見られたら、この部屋に閉じ込められるのだ。獣化すれば、身体能力が高くなるから、当然、ここから脱け出せる。そして、その人は第二の人生を歩んだのかもしれない。

そんなことを想像しているうちに、ダリウスは苛々としたようにこちらに近づいてきた。

「おまえはどうして、ここにじっと座っている？　扉の鍵はかかっていない。逃げればいい」

「え……？」

ロズリンは彼を見上げて、目をしばたたいた。

鍵はかかっていない。だが、まだ逃げたくない。少なくとも、ダリウスはまだ傍にいる。今のダリウスは、あの無表情で感情を表さない人間とは違う。何故だか、今夜はその仮面にひびが入ったようだった。その理由は判らないが。

そうだわ。これが最後のチャンスなのよ。

ロズリンは胸の動悸を抑えるために、手をやった。彼の目がそこに吸いつけられる。

ああ、彼はまだわたしに欲望を抱いていたんだわ……。

それが嬉しかった。もう、とっくにわたしのことなど、どうでもいいのかと思っていたのに。

彼の眼差しに勢いを借りて、ロズリンは口を開いた。

「愛しているわ……」

彼の眼差しはまるでこちらを射貫くように鋭いものとなった。もう一度、ちゃんと伝えようと、再び口を開いた。

「ずっと愛していたの……。あなたはわたしの身体だけが気に入っていたのかもしれない。だけど、わたしはあなたの傍にいられただけで、幸せだった……」

「嘘をつくな！」

ダリウスの目は爛々《らんらん》と光った。彼は本気で怒っているらしかった。けれども、何故だろう。愛していると告白されて、こんなに怒る人がいるものだろうか。

「本当よ！　わたし、嘘なんかついてない。そうでなければ……いくら誘惑されたからって、あなたのものになったりするはずがないわ。あなたは王子で、わたしは庶民の歌姫。結婚なんて夢のまた夢で、いつかは心を引き裂かれると判っていながら……」

それでも、彼の傍にいたかった。彼があれをしろ、これをしろと命令する度に、召使いのように従順になんでも従った。文句も言わなかったし、何もかも惜しみなく与えたのだ。その献身を、どうして愛ではないと否定できるのだろう。そのほうが判らなかった。

「金貨のことは誤解だと判ったでしょう？　わたしは受け取らなかった。わたしから去ったのではなく、連れ去られて、森の中に捨てられたのよ」

あの恐ろしい夜の森を思い出して、ロズリンはブルブルと身体を震わせた。

「そうだ。本当は……怖いのだろう？　私と一緒にいることが？」

「えっ……どうして？」

愛していると告白したばかりなのに、どうしてそんな曲解ができるのか、理解できない。

彼は忌々しそうに部屋の中を歩き回ったが、ふと足を止めて、ロズリンのほうを振り返った。鋭い目つきがロズリンの全身を貫いた。

「あのとき……あの森で、私はおまえに襲いかかった。私はもう少しでおまえを傷つけるところだった」

ロズリンはあの湖で押し倒されたことを思い出した。

「でも、別に怪我したわけではなかったわ」

水を飲んで、あんなに浅いところで溺れるかと思ったが、それは一瞬のことだった。ダリウスはすぐに引き上げてくれた。

「怒りに任せて、おまえの喉笛にもう少しで嚙みつくところだった。怖くないはずがない。本当は怖いはずだ。あんな危険な獣に変わる私のことを、気持ち悪いと思っているはずだ！」

「獣に変身しても、あなたはあなたよ。いつだって……あなたは獣に姿を変えても、人を襲ったりしなかったわ。多少、感情的になっても、理性が止めてくれている。心は人間のままだもの。それを知っているわたしが、どうして怖がったり、気持ち悪がったりするの？　たった一度、襲いかかられただけで？　実際に傷つけられてもいないのに？」

「しかし、おまえはあのとき震えていて……」

確かに震えていた。だが、まったく違うことで震えていただけだ。

「冷たい水の中にいたんだもの。寒かったのよ」

ダリウスは黙った。自分の間違いに気がついてくれたのだと、ロズリンは思った。

「本当に……そうか？　私はあのときおまえを傷つけそうになったことが怖かった。獣のようにおまえを襲い、その後も獣のようにおまえを奪った。なんの配慮もなく……いや、それどころか、おまえを辱めようとしていた……」

ロズリンはあのときのことを思い出した。湖の中で四つん這いにされて、後ろから抱かれたのだ。確かに辱められたという気持ちはあった。けれども、それだけでは決してなかったのだ。

「わたし……その……心は傷ついたかもしれないけど、身体は……。だって、自然の中で、声を抑えなくてもよかったし」

顔を赤らめながら告白すると、ダリウスの肩から力が徐々に抜けていくのが判った。

「……意外と気持ちよかったということか？」

そんなことを肯定したくなかったが、誤解されたままではよくないと思ったので頷いた。

「あのとき、あなたにすべてを捧げたいと思ったわ。きっと、抱かれるのも最後だって思ったから……」

「ああ、ロズリン……！」

ダリウスはロズリンを椅子から引っ張り上げると、抱き締めてきた。

久しぶりに温かい身体に包まれて、ロズリンは陶然となる。本当は、彼とまた元の関係に戻るのはつらすぎると思っていた。二度とあんなことを繰り返したくないと。

しかし、こうして抱き合っていると、その決心が薄れていくのを感じた。二人はどうしようもなく惹かれ合ってしまう。これは理屈ではなかった。

「どうして、おまえはこんな私に優しくしようとするんだ？　おまえは私をもっと強く撥《は》ねつけるべきなのに……」

そう言いながらも、彼の手はロズリンの髪の中に差し入れられる。髪を指で梳かれると、ロズリンは心地よくて仕方がなかった。

「愛する人のことは、そのすべてを愛するものなのよ……。たとえ、獣になったとしても、愛していれば、そんなことはどうでもいいの」

実際、ロズリンは彼が変身することについて、特になんとも思っていなかった。彼はいつも美しい王子様で、獣になっても、また戻れるのだ。万が一、戻れなくなっても、愛することをやめたりしないだろう。

だって、どちらもダリウスなんだもの。

しかし、彼のほうは熱い抱擁から、我に返ったように身体を離した。表情もどこか抑えたものとなっている。

「やはり、私はおまえを不幸にしてしまう……」

「わたし……あなたと一緒にいるときだけが幸せなのに……」

彼は何かを振り切るように頭を振った。

「いや、私はアトゥーヤの王女と結婚する。だから、おまえを手放さなくてはならない」

ロズリンは息が止まるかと思った。

そうだったわ。彼は縁談を進めてほしいと言ったんだわ。婚約して、結婚すると。どうして、そのことを忘れていたのかしら。

自分が彼の傍にいれば、結局、胸が引き裂かれることになるだろう。もし、自分が彼の傍にいて、愛妾のような生活をしていたとしても、目の前で彼が妻を娶り、その妻が彼の子供を産んでいるのを見て、平気でなんかいられるはずがない。

そんな惨めな暮らしをするくらいなら、死んだほうがましだった。

頬に涙が流れ出した。ロズリンは悲しかったし、悔しかった。いっそ、彼を憎んでしまいたかった。

こんなに愛していても、こんなに捧げ尽くしても、わたしは何も与えられないのね……。恨みがましい気持ちになったが、彼は別に愛してくれとは言わなかった。自分が勝手に愛し、勝手に捧げただけのことだ。それを弄ばれたと恨むのは、筋違いだろう。

「泣くな……ロズリン」

彼は歯を食い縛るようにして言った。彼は彼で、何かを耐えているようでもあった。

ロズリンは涙を拭いて、彼の青い目を見つめる。

これがきっと、二人きりで会う最後の時間なんだわ。だったら、彼の罪悪感を宥めるために、何か言わなくてはならない。

「あなたが幸せになることを祈っているわ……」

彼の目が大きく見開かれた。

「ロズリン……」

ふと、ダリウスは眉をひそめる。そして、扉のほうを振り返った。誰かがいるのだろうか。ロズリンもそちらを見つめた。

「さっきから、何かの匂いがすると思っていたが……」

「え……？」

ダリウスは大股に歩き、扉を開け放した。すると、何やらきな臭い匂いが漂ってきていた。

ここは使われていない塔ではなかったのかしら。燭台はここにあるが、蠟燭が燃える匂いなんかではなかった。

「これは……火事？」

ダリウスは振り向き、ロズリンの手を摑み、自分のほうに引き寄せた。一瞬、とても嬉しかったのだが、すぐにそれが絶望に変わる。

二人は階段を下りようとしたが、その階段が炎に包まれていて、とても下りられるものではなかった。しかも、この階のすぐ下の辺りから燃え落ちてしまっていた。

つまり、わたし達は下まで下りて、逃げることはできないということだ。

ただの火事とは思えない。誰かが火をつけたのだ。だが、一体、誰がそんなことをしたというのだろう。自分達がここにいることを知っているのは、ダリウスの弟妹だけだ。しかし、彼らが火をつけるようなことをするはずがなかった。

わざとでなければ、偶発的なことなのだろうか。それも、考えにくかった。

ダリウスは扉を閉めた。開けていても、どうしようもない。炎はすぐにここまでやってくる。

「どうすればいいの……？　ダリウス……！」

塔の内部は木造だった。階段どころか、きっとこの床の下も燃えているだろう。このままここにいたら、床が落ちて、炎の中で焼け死ぬことになる。

ロズリンは自分の想像にぞっとした。

彼はロズリンを抱き寄せたまま、今度は窓を開き、バルコニーに出た。もちろん、ここから逃げることは、人間には無理だ。

でも……。

ダリウスは逃げられるわ！

自分は助からないが、それも仕方がない。これが運命なのだ。ロズリンはすぐにそう思った。

彼より大切なものなんて、わたしにはないから。

ロズリンは迷わず彼に告げた。

「早く獣になって。それから……逃げて！」

ダリウスは何を言っているのかという顔で、ロズリンを見つめた。

死んだほうがましだなんて思ったのが、よくなかったのかもしれない。本当に死ぬことになるとは思わなかった。けれども、彼だけは助かることができる。その機会を逃してほしくなかった。

ロズリンは彼に笑いかけた。

「あなたなら逃げられる。さあ、早く！」

「馬鹿な！　おまえを残して、逃げられるわけがない！」

「だって、あなたは獣になれば、逃げられるでしょう？　わたしはどうでもいいような存在だけど、あなたは世継ぎの王子だもの、こんなところで死んじゃダメ」

しかし、ダリウスは断固とした表情で、首を横に振った。

「獣にはなる。だが、おまえを連れていく。おまえが私の身体にしがみつくんだ」

「そんなの……無理よ。一人なら身軽だから、逃げられる。でも、わたしなんかがしがみついていたら、下に落ちちゃうわ」

ロズリンは彼を死なせたりしたくなかった。どうぞ生きていて。そのためなら、自分はもういいのだ。生きていても、彼と離れて暮らすなら、きっと死んでいるのと同じことになる。

ダリウスはロズリンの頬を両手で包んだ。真剣な眼差しに見つめられて、ロズリンは目を離せなくなっていた。

「おまえが死んだら、私は生きていけない。一人で生き延びたとしても、もう死ぬしかないんだ……！」

ロズリンの胸は感動に打ち震えた。

彼は愛しているとは口にしなかった。しかし、これは確かに愛情だ。彼の胸にはこんな激しい愛情が宿っていたのだ。

涙が零れ落ちたが、これは嬉しい涙だった。ダリウスはそっと唇を重ねる。それは、まるで愛を誓う口づけのように思えた。

唇を離すと、二人は見つめ合った。

「頼む……。一緒に来てくれ」

本当はダメだと言いたかった。けれども、これ以上、彼の命まで危険に晒すわけにはいかない。後ろを振り返ると、扉がすでに燃え上がっていた。煙が部屋に入ってきて、息苦しい。

「判ったわ。あなたと逃げるから」

ロズリンは少し下がった。彼にしがみついていたら、変身しづらいと思ったからだ。しかし、下がったところはバルコニーではなく、すでに室内だった。その床がいきなりきしんだかと思うと、ロズリンはバランスを崩した。

床が燃え落ちようとしている。

そんな……！

このまま、わたしは死んでしまうの？　わたしが死んだら、ダリウスも死ぬと言っているのに？

ロズリンは恐怖に目を見開き、本能的に手を伸ばした。ダリウスはその手を掴み、ロズリンを自分のほうに引き寄せる。

石造りのバルコニーに引き上げられ、ロズリンは後ろを振り返る。今、自分がいたところには大穴が空き、炎が噴き出している。

「ダリウス……！」

「ああ、判った」

彼の身体の形が変わっていく。服は破れ落ち、彼は立派な狼の姿となった。さっと身を翻して、バルコニーの手すりの上部に器用に立つ。そして、身振りで、しがみつくように促した。

ロズリンは彼に頷くと、手すりの上によじ登り、彼の首にしっかりとしがみついた。

落下して、死ぬかもしれない。けれども、ここでは彼を信じて、しがみつくしかなかった。自分が手を滑らせて死ねば、彼も死んだほうがいいと思うに違いないのだから。じきに炎はこの塔の木造部分を焼き尽くしてしまうだろう。この石造りのバルコニーが焼け落ちることはないだろうが、人間は炎に耐えられない。

いつまでもぐずぐずしているわけにはいかない。彼の力強い四肢が手すりを蹴り、身体が宙に浮いた。

そして……。

ロズリンもまた宙に舞った。

目を開けると、たくさんの顔が自分を見つめていて、ロズリンは驚いた。

ここはダリウスの寝室だ。ロズリンは寝台に寝かされていて、ダリウスとその弟妹がみんなで顔を覗き込んでいたのだ。

「よかった！　ロズリン、目が覚めないかと思っちゃった」

ルーカスが泣きそうな顔で言う。彼の頭をクレメントが乱暴に撫でた。

「馬鹿だな。気を失っているだけだと、言ったじゃないか。もっとも、目が覚めるのが遅

かったけどな」

「きっと、いろいろなことがあったから……。疲れもあったのかもしれないわ」

セラフィーナが訳知り顔で言い、一人で頷く。そんな彼女を、アーサーが責める。

「そもそも、おまえの計画が杜撰《ずさん》だったから、あんなことになったんだ」

「あら、アーサー兄様だって、賛成したじゃないの。ロズリンを閉じ込めておけば、きっとダリウス兄様が助けにいくって」

「だいたい、放火犯につけられたダリウスが悪い」

「まあ、ダリウス兄様のせいにするの？　鍵を渡した後のことまで考えなくちゃ。いつも詰めが甘いんだから。そこがアーサー兄様の悪いところよ」

「うるさいな。おまえこそ……」

「もう、みんな、喧嘩しちゃやだぁ！」

ルイーズが叫ぶと、みんなが静かになった。

ロズリンが戸惑っていると、顔の近くにいたダリウスが安心させるように笑みを浮かべた。彼のそんな顔を見て、ロズリンはほっとする。やっと、いつものダリウスに戻ったのだと判ったからだ。

たとえ、二人が別れる運命であっても、彼に幸せになってもらいたい。感情を失くしたように表情を変えない彼が、幸せになれるとは思えなかった。

「みんな、出ていってくれないか？」

ダリウスに言われて、みんなは頷いた。セラフィーナは出ていく前に、ロズリンに声をかける。

「わたし達、あんな危険な目に遭わせるつもりじゃなかったのよ。ただ、二人が仲直りすればいいと思って。ごめんなさいね」

ロズリンは微笑んで、頷いた。彼女の気持ちは判っている。そして、他のみんなの気持ちも。

「いいえ。ありがとう……みんな」

彼らがわたしの本当の家族だったらよかったのに。

そう思いながら、部屋を出ていく彼らを見送った。ロズリンはほっと息をつく。傍らの椅子に腰かけているダリウスに目を向け、起き上がろうとした。

「まだ寝ているといい」

「でも……気を失っただけでしょう？　別にどこも悪くないし」

いつまでも横になっているのは、病人のようだ。ロズリンは身を起こした。

「わたしを助けてくれて、ありがとう。わたし、身体がふわりと浮いたところまでしか覚えてないの。最後まで、ちゃんとしがみついていたかしら」

「ああ。しっかりとな。だから、こうして生きている」

ダリウスはロズリンの髪をそっと撫でた。まるで壊れものでも扱うような手つきで触られたことに驚く。

「さっき……放火犯がどうとかって言ってたけど……」

「ああ、前におまえを襲った奴らだ。一時、牢に入れられていたが、最近出てきたらしい。衛兵を首にされて、城から出ていけと言われたことに腹を立てていたときに、ちょうど私が塔の中に入るのを見たというわけだ」

「それで……火をつけたのね……」

「そうだ。世継ぎの王子を殺そうとしたんだ。衛兵を首になるより重い罰が待っている」

一時の怒りに我を忘れていたにしろ、普通の人間なら思いとどまるものだ。それができない時点で、やはり罰を受けるのは仕方ないだろう。

そもそも、宰相の命令も、ロズリンをただ城の外に連れ出すことだけだったのだ。ロズリンを襲わせようとは、宰相も思っていなかったのだから、やはりとんでもない輩だったということだ。

城から悪い衛兵もいなくなった。ダリウスにも笑顔が戻ってきた。ロズリンは今、穏やかな気持ちだった。

ダリウスと別れるのはつらい。それでも、彼が幸せになれるだろうと思うと、もう、それだけでいいような気がしてきた。

できるなら、笑って別れよう。もう涙を流して、ダリウスの気持ちをかき乱したくはない。

ロズリンは改めてダリウスに目を向けた。彼もまた今までにないくらい穏やかな表情をしている。

さよなら、わたしの獣の王子様。

ロズリンは微笑んだ。

「わたし……朝になったら、すぐに出ていくわ」

「その必要はない」

「いいえ、わたしには必要があるの。今、出ていかなくては、胸が張り裂けそうになるもの。どうか、わたしを止めないで。故郷に帰ったら、今度はわたしと子供をたくさんつくってくれる花婿を探すわ」

それは、ダリウスではないけど……。

でも、仕方がない。愛する人と結ばれないなら、せめて他の誰かと温かい家庭をつくりたい。そうしなければ、自分こそただの抜け殻になってしまう。しかし、ダリウスにせっかく救ってもらった命なのだから、そんな生き方はしたくなかった。

ダリウスは首をそっと振った。

「おまえにそんなことはさせない。する必要もないし、どこにも行かせない」

「だって……わたしがここにいて、なんになるというの？」

泣くのを我慢していると、振り絞るような声になった。彼の幸せを祈ってはいるが、近くにいて、それを見たくはなかった。

「ロズリン……」

ダリウスは寝台に腰かけ、ロズリンの手を取った。彼の真摯な眼差しが、ロズリンを見つめる。

「おまえはここにいるんだ。ここで共に暮らそう。たくさん子をつくろう。……おまえが私の花嫁になってくれるなら」

ロズリンは彼の言葉に呆然となった。

以前、彼が結婚すると言い出したときは、こうして自分に尋ねることもしなかった。しかし、今は違う。

「ロズリン……私と結婚してほしい」

胸が高鳴り、すぐに涙が溢れ出てきた。

「でも……でも、アトゥーヤの王女と……」

「縁談はすでに進んでいるものだと思っていた。以前、父はアトゥーヤの王女とすぐにでも婚約させせようとしていたからだ。しかし、父は使者さえ送っていなかった。私はおまえと結婚しなくては幸せになれないと、父もやっと判ったようだ」

「じゃあ、王様もわたし達が結婚することを許してくださっているの？」

「ああ。父も母もだ。以前、父は私とおまえの気持ちは浮ついたものだと思っていたらしい。そうではないと判って、二人をもう引き裂くことはできないと……。高貴な血を入れたかったらしいが、そんなものがなくても、おまえは私の妃としてやっていける。誰にでも優しくて、明るく、穏やかで……高貴な妃より、おまえのほうがずっといい」

その言葉はロズリンの胸に響いた。

歌しか取り柄がないのだと思っていた。彼はそうではないという。高貴な血より何より、自分が欲しいと言ってくれている。

「どうだ、ロズリン？　私の花嫁になると約束してくれるか？」

彼の青い瞳が優しげに輝いている。ロズリンは口を開いたものの、自分の唇が震えているのが判った。

「……ええ。あなたの花嫁になって、あなたを幸せにしてあげたいの」

「ああ……ロズリン！」

ダリウスはロズリンをきつく抱き締めた。

「それは、私のセリフだ。私は獣の王子だが、おまえを幸せにしたい」

「獣でもなんでもいいの……。あなたはわたしの愛する人だから……」

ダリウスはロズリンの唇を奪い、激しく口づけをしてきた。思えば、ずっと離れていた。

あの湖で身体を重ねたときからずっと、彼のこんな口づけを求めていたに違いない。

どんなに忘れたふりをしていても、忘れられなかった。

離れようとしても、離れられない。

嫌いになろうとしても、愛することしかできなかった。

「ダリウス……！」

「私を呼ぶおまえの声が好きだ」

ダリウスはロズリンを寝台に沈めて、何度もキスを繰り返した。ロズリンはまだ女官の制服を着ていたが、彼は素早くエプロンを外し、ドレスを脱がせていく。下着も取り去って、たちまち一糸まとわぬ姿にして、じっと眺めた。

何度もされたことなのに、ロズリンはなんだか気恥ずかしかった。

「そんなに……見ないで」

「おまえの身体は完璧だが……。そうだな、少し隠してやってもいい」

彼は何を思ったのか、にやりと笑った。そして、外したばかりのエプロンを手に取り、それだけをロズリンにつけさせた。

「こ、こんな格好……おかしくない？」

「いや、何も。全然おかしくない。とても……色っぽく見えるだけだ」

裸にエプロンをつけただけの格好で、寝台に横たわっている自分が、とても淫らに思えてくる。

ダリウスはエプロンの上から、乳房に触れて、乳首の辺りを舐めていく。布越しではなく、直に愛撫してほしいと思うから、とてももどかしくて仕方がない。思わず、ロズリンは身体を揺らした。

もっと愛撫が欲しいという気持ちが、徐々に高まっていく。ちゃんとしてもらっているのに、それでも足りないのだ。

やがて、エプロンの下から彼の手が差し込まれた。太腿の内側を撫でられ、ロズリンは自然に脚を開いていった。求める気持ちが、無意識のうちに、彼の手を受け入れやすいようにしているのだ。

「あ……ぁ……っ」

すっかり潤《うるお》っている秘部を指先で撫でられ、それだけで昇りつめそうになってくる。なんとか我慢したものの、久しぶりだからなのか、自分の身体がとても敏感になってしまっていた。

「ずいぶん……興奮……しているみたいだな?」

「だって……すごく久しぶりだし……」

「そうだな。もちろん、私もだ」

つまり、彼もまた、あの湖の夜から誰も抱いていないということなのだ。自分は誰の求めにも応じるわけではないが、彼のほうは王子だ。望めば、いくらだって相手はいるだろう。それに、彼はロズリンと一緒にいたとき、毎晩のように抱いていたのだ。

欲望が強いのだと思っていたが、それはきっと相手がロズリンだったからなのだろう。

そう思うと、自分だけが彼にとっては特別だったようで、嬉しくてならなかった。

彼の指が挿入されただけで、ロズリンはそれをギュっと締めつけて、彼の腕にしがみついた。

「まだ指だけだ」

「わ、判ってる……。でも……」

自分はきっと感じすぎている。しかし、どうしようもなかった。指を出し入れされるだけでたまらなくて、ロズリンは何度も彼に身体を押しつけた。

ダリウスはクスッと笑った。

「いけない娘だな。淫らすぎる」

「み、淫ら…ではいけないの？」

「いや、とてもいい」

彼は指を引き抜くと、自分が身に着けていたものを手早く脱ぎ捨てた。もちろん、股間のものは猛々しくなっている。

熱く痺れる蜜壺に、それが突き立てられた。

「あぁっ……！」

挿入されただけで、気持ちよくて、失神しそうになった。彼の先端が奥まで突いてくると、自分の口から甘い喘ぎ声が飛び出してくる。

「はぁ…ぁ……んっ…んんっ……っ」

なるべく声を我慢しようとするものの、なかなか上手くいかない。特に今日は、どうしようもなく濡れそぼって、感じてしまっている。

ロズリンはしっかり彼にしがみついた。もう両脚も彼の腰に巻きついてしまっている。

快感を逃したくない。ひとつ残らず味わいたいのだ。

　自分がこれほど貪欲になれるとは思わなかった。

　彼が奥まで貫く度に、ロズリンは甘ったるい声を上げた。身体の中に嵐が渦巻いていて、どうしようもないところまで来ていた。

「ああ……もうっ……ぁぁあっ！」

　ロズリンは弓なりに仰け反った。絶頂を迎えたすぐその後に、ダリウスもまたぐっと腰を押しつけてきて、ぐったりとなる。

「わたし……わたし……幸せなの」

　思わずそう囁くと、ダリウスは微笑んだ。

「ロズリン……愛しているよ」

　初めて聞いた告白に、ロズリンはぱっと目を開いた。そして、蕩けるような顔をしたダリウスをまじまじと見つめる。

「ほ、本当に？」

「ああ。嘘など言うものか」

　もちろん、こんなときに彼は嘘などつかない。言わなくてもいいのに、わざわざ口にしたということは、本当にそう思っているということだ。

「私は普通の人間ではないことを恥じていた。塔で、アトゥーヤの王女と結婚すると言った本当の理由は、おまえに獣の夫を押しつけるわけにはいかないと思っていたからだ。だが、生きるか死ぬかというときに、おまえの揺るぎない愛情を感じたから……」

「ええ。愛しているから、獣でもいいの。わたしの声に魔力があるというなら、魔女の呪いも打ち破れるかもしれないわ」

本当のところ、そうでなくてもいいのだ。愛する人と一緒にいたい。まして、その相手はわたしを愛してくれているのだから。

たくさんの子を産もう。そして、温かい家庭で育てよう。

今の二人なら、きっとそれができる。

「ダリウス……私も愛してる」

そう囁くと、彼の目が細められた。

ロズリンは彼の長い髪を指で梳いた。彼の顔がそのまま近づいてきて……。

誓いの口づけのように、二人の唇は重なった。

終章　わたしの獣の王子様

ジェルーシャ王国の世継ぎの王子ダリウスの結婚式は華々しく行われることになった。

その祝いの日、他国の王族、もしくは使者、それから、自国の王族に貴族、有力者がたくさん招待され、城の中は賑わっていた。

ダリウスが手を尽くして、他国で興行を行っていたフィニッツ一座を見つけてくれた。

そして、ロズリンと結婚することを伝え、結婚式にも招待してくれた。それだけではない。

ロズリンの生き別れの弟もここにいる。

もう、十年以上会っていなかったが、変わらないものがある。彼の瞳の輝きだった。彼は幸せに暮らしていたということが、その瞳を見ただけで、ロズリンには判った。

ロズリンは美しいドレスに身を包み、小さな花束を持った。頭には薄いベールと共に、王子の妃となる証として華奢な細冠をつけている。これは、婚約式を行ったときに授けられたものだ。結婚式の後に、妃としての冠を授けられることになっている。

そして、指には目も眩むようなダイヤモンドの指輪がはめられていて、ロズリンは鏡の中の自分が自分でないような気がした。

たくさんの侍女にかしずかれているこの状況も、なんだか不思議で、現実感がない。

わたし、本当に王子様と結婚するのかしら。

何度考えても、ピンとこない。生まれも育ちも、王族や貴族ではない。領主の縁者ですらない。こんな自分が本当に王子と結婚できるのだろうか。

ロズリンは不安に思っていた。結婚式が終わるまで、とても信じられない。たとえば、教会に行くまでに、何か突然の事故が起こって、結婚式そのものが中止になることもあるかもしれないと、半ば本気で考えてしまう。

もちろん、ダリウスと生涯を共にするという決意は堅いのだが。

どんな反対に遭おうと、嫌味や皮肉を言われたり、陰口を叩かれたとしても、強く生きていくつもりだ。

ダリウスの花嫁として……。

もっとも、今のところ、この結婚に反対する者はいないらしい。王が全面的にロズリンを王子の花嫁として支持してくれているからだろうと思っている。王妃もとても優しくしてくれて、このドレスのデザインも王妃が考えてくれたものだ。

「まあ、ロズリン、素敵ね！」

セラフィーナがやってきて、ロズリンの花嫁姿をうっとりと見つめる。一緒に来たルーカスとルイーズもぽかんと口を開けて、こちらを見ていた。

「今まで……ロズリンが綺麗なのは、声だけだって思ってたけど……」

「違ったみたい……。ロズリン、綺麗よ」

いつも率直にものを言う双子に褒められて、ロズリンはすっかり気をよくしていた。まるで、別人のように綺麗に変身した甲斐があったというものだ。

「あなた達だって、とても素敵だわ。ルイーズ、とても似合っているわよ」

ロズリンが微笑んで言うと、ルイーズは嬉しそうに新しいドレスのスカートを摘まんで、くるりと回ってみせた。

「ロズリン様、お時間でございます。そろそろ教会へ」

女官長ににこやかに告げられて、城の中に建てられている教会へと移動していく。もちろん、双子やセラフィーナも一緒だ。

教会では、王と王妃が二人でロズリンを温かく迎えてくれた。

王とロズリンはすっかり和解していて、今ではわだかまりもない。王は息子を守るよき父親でもあるのだ。ロズリンとの仲を裂こうとしたのは、二人の仲は大したものではないと決めつけていたせいだった。

しかし、自ら過ちを認めて、謝罪してくれた。王という地位にある人物が、謝罪するなどということは、めったにないことだ。だから、ロズリンも以前のことにはこだわらないことにした。

大勢の客が結婚式に立ち会うために、すでに教会に入り、着席している。その席の間を、ロズリンは王に手を取られて、しずしずと歩いていった。

祭壇の前で待っていたのは、美しい婚礼衣装を身に着けたダリウスだった。彼は紋章の刺繍がしてあるマントをまとっていて、いつもよりずっと格好よく素敵に見えた。

ダリウスは自分に近づいてくるロズリンをうっとりと見つめる。

「ロズリン……。なんて素晴らしいんだ」

彼はロズリンの肩を抱き寄せて、キスをしようとした。司祭に咳払いをされて、慌てて手を離す。

「それでは、ダリウス王子とロズリン様の結婚式を始めます」

司祭の手順に従って、式は進んでいく。

パイプオルガンも賛美歌も厳かなもので、ロズリンの気持ちは高まっていく。自分はもうすぐダリウスの妻になるのだという喜びが、胸に広がってきた。

初めて会ったときから、とても素敵な人だと見蕩れてしまった。それから、彼に冷たくされたり、獣だと知ったり……彼を愛していると自覚するより先に、身体を捧げかけてしまったりしたが、結局のところ、こうして二人は結ばれる運命にあったのだろう。

誓いの言葉を口にするとき、声が震えてしまった。自分とは対照的に、ダリウスは力強い声で、まるで教会にいる出席者全員に聞かせるように誓いの言葉を言った。

たとえ、どんな困難なときが来ても、ロズリンを愛することを誓う、と。

ロズリンはふと泣きそうになってしまった。

わたしはダリウスに愛されている……！

何度も囁かれたことなのに、今になって初めて本当にそれが判ったような気がする。

ダリウスは世継ぎの王子だ。本来なら、個人の好みではなく、国のために結婚相手を選ばなくてはならない身だ。しかし、それでも、ロズリンと結婚することを、彼は選んでくれた。

だから……。

どんなことがあっても、ロズリンを愛するのだと宣言してくれたのだ。

ロズリンは感動に打ち震えた。

わたしはダリウスにふさわしい妃になるわ！

生まれも育ちも不充分かもしれない。けれども、愛するダリウスのために、懸命に妃として務めを果たせるように努力したい。それこそが、ダリウスの愛に応える道なのだろう。

やがて、司祭は二人が夫婦となったことを宣言し、祝福してくれた。

「ダリウス王子、ロズリン妃にキスを」

感動の涙を我慢して、ロズリンはダリウスと向き合った。彼はベールを上げて、微笑みかけてきた。

なんて幸せそうな顔をしているの……。

泣いてはいけないと思うのに、目に涙が溜まってしまう。それに気づいたダリウスはふと目を細めた。

「あなたの花嫁になれたかと思うと、嬉しくて……」

そう言うと、ダリウスはまた幸せそうに微笑んだ。

「私も嬉しい」

どれほど嬉しいのか、あなたの微笑みで判るわ。

ロズリンも微笑み返した。彼に自分の気持ちが伝わるように。

ダリウスはロズリンの頬に手を当てて、そっと顔を傾ける。唇が重なり、ロズリンは今までにあったいろんなことを思い出した。

胸が張り裂けそうなこともあった。つらすぎて、死にたくなったことだって。

でも、どんなことがあっても、乗り越えてきたわ。

だから……。

わたし達はこれからだって、何があっても、二人で力を合わせて生きていくのよ。

わたしの獣の王子様……。

大好きよ。愛してる。

あとがき

こんにちは。水島忍《みずしましのぶ》です。

「獣の王子様～花嫁は月夜に抱かれて～」、いかがでしたでしょうか。いつもとは少し違って、ファンタジーというか、おとぎ話みたいな感じになっていますが、楽しんでいただけると嬉しいです。

今回、どうして私がケモ耳を書きたいと思うようになったかについて、私のツイッター発言を読んでくださってた方には「ああ、あれか」と思い当たることがあるかもしれません。ツイッターをご覧になってなかった方に説明すると、主人公のしもべが黒豹《くろひょう》に変身する少年漫画の話をしていて、そこから「ＢＬでケモ耳を書いたことあるなあ」→「乙女系でも書きたい！」になったのでした。

その後で、今回のイラストのすがはらりゅう先生と長電話しているときに「ケモ耳王子とメイドっていいんじゃない？」みたいに盛り上がったのが、このお話の直接のきっかけです。そんなわけで、ヒロインのロズリンがメイドみたいな格好をしているんですよ～。

で、その獣の王子様ことダリウスですが、私の書くヒーローにしてはめずらしく野性的なタイプです。でも、居丈高に振る舞ってみても、性格はけっこう繊細《せんさい》かも。自分が獣に変身するということを、仕方ないと割り切りつつも、負い目のようにも思っているようです。ロズリンとの関係においても、獣の自分を受け入れてくれているのか、そうでないのかに非常にこだわっています。

獣になるからこそ、人間として理性を保とうとしているのに、ロズリンのことになると、まるっきり冷静ではないですよね。彼女が欲しいという気持ちもさることながら、その独占欲ときたら……。彼はものすごーく嫉妬《しっと》深いです。アーサーの嫉妬作戦は、実行していれば、ひょっとしたら効き目があったかもしれません。

ロズリンは不幸な生い立ちで可哀想なのですが、明るくて優しくて、とても真面目です。何より家族に飢《う》えています。大家族ステキと思っていたりして（笑）。ダリウスと出会ってから、生まれや育ち、旅一座の歌姫だったということに引け目を感じていますが、努力家でもあるみたいだし、将来はとてもいい王妃様になると思います。

そういえば、ロズリンの声にはどんな秘密があるんでしょう。超音波でも発しているんでしょうか。超音波ボイスというのは、実際あるみたいだし。それが彼らのような聴力が発達した一族にはたまらなく癒やしになるのかも。ということは、あの意地悪な王様も実はロズリンの歌声に首ったけだったんでしょうね。

ダリウスの幸福のために、彼の弟妹達が奔走《ほんそう》しますが、やっぱりロズリンの歌声ゲットも目的だったのかなって思います。弟妹多すぎだけど、けっこうみんなお気に入りです。特に双子はね……。キャララフ来る前から、ビジュアルを想像して、可愛い～と一人で盛り上がってました。ベッドでウサ耳が引っ込むところが好きなんですよ～。

というわけで、今回のイラストはすがはら先生です。ダリウスが王子の気品と野性的なところを兼ね備えていて、とっても素敵なのです。そして、ケモ耳が……可愛い！　ケモ耳をつけると、どうして格好いいキャラでも可愛く見えるんでしょうね。不思議だ。

そして、ロズリンはめっちゃキュートです。なんというか、一途な可愛さがありますよね。ダリウスに翻弄されるロズリンではありますが、ダリウスを愛しているからこその強さも感じられます。他のキャラもそれぞれイメージどおりだけど、中でもやっぱり双子ちゃんは……そうです、こんな感じでした。私の想像のウサ耳双子ちゃんは！

そんな感じで、すがはら先生には今回とてもお世話になりました。先にケモ耳話で盛り上がっていたこともあって、小説がとても楽しく書けました。そして、素敵なイラストをどうもありがとうございました！

皆さんも私同様、楽しんでいただけたら嬉しいです。それでは、このへんで。

獣《けもの》の王子様《おうじさま》

ティアラ文庫をお買いあげいただき、ありがとうございます。
この作品を読んでのご意見・ご感想をお待ちしております。

✦ ファンレターの宛先 ✦

〒102-0072　東京都千代田区飯田橋3-3-1
プランタン出版　ティアラ文庫編集部気付
水島忍先生係／すがはらりゅう先生係

ティアラ文庫WEBサイト
http://www.tiarabunko.jp/

著者――水島忍（みずしま しのぶ）
挿絵――すがはらりゅう
発行――プランタン出版
発売――フランス書院
〒102-0072　東京都千代田区飯田橋3-3-1
電話（営業）03-5226-5744
（編集）03-5226-5742
印刷――誠宏印刷
製本――若林製本工場

ISBN978-4-8296-6659-3 C0193

原稿大募集

ティアラ文庫では、乙女のためのエンターテイメント小説を募集しております。
優秀な作品は当社より文庫として刊行いたします。
また、将来性のある方には編集者が担当につき、デビューまでご指導します。

募集作品

H描写のある乙女向けのオリジナル小説(二次創作は不可)。
商業誌未発表であれば同人誌・インターネット等で発表済みの作品でも結構です。

応募資格

年齢・性別は問いません。アマチュアの方はもちろん、
他誌掲載経験者やシナリオ経験者などプロも歓迎。
(応募の秘密は厳守いたします)

応募規定

☆枚数は400字詰め原稿用紙換算200枚〜400枚
☆タイトル・氏名(ペンネーム)・郵便番号・住所・年齢・職業・電話番号・
　メールアドレスを明記した別紙を添付してください。
　また他の商業メディアで小説・シナリオ等の経験がある方は、
　手がけた作品を明記してください。
☆400〜800字程度のあらすじを書いた別紙を添付してください。
☆必ず印刷したものをお送りください。
　CD-Rなどデータのみの投稿はお断りいたします。

注意事項

☆原稿は返却いたしません。あらかじめご了承ください。
☆応募方法は郵送に限ります。
☆採用された方のみ担当者よりご連絡いたします。

原稿送り先

〒102-0072　東京都千代田区飯田橋3-3-1
プランタン出版「ティアラ文庫・作品募集」係

お問い合わせ先

03-5226-5742　　プランタン出版編集部